잃어버린 것에
대하여

최백호 산문집

잃어버린 것에 대하여

작가의 말

살면서 참 많은 것들을 잃어버렸다. 손해를 많이 봤다. 그런데도 이만큼이나 남았다. 그 잃어버린 것들이 나에게 남겨준 경험과 교훈들, 그 이야기들을 담고 싶었다. 책을 쓰는 일은 처음이라 걱정이 우선이다. 첫 노래를 끝내고 관객들의 반응을 기다리는 마음이다. 떨린다.

시인과 촌장의 노래 중에 〈가시나무〉라는 노래가 있다. "내 속엔 내가 너무도 많아"로 시작되는 노래인데 나는 그 노래를 들을 때마다 내 속에도 '너무 많지'는 않지만 나의 본성本成과는 확연히 다른 '또 하나의 내가 있지' 하며 혼자 웃기도 한다.

나의 본성은 아주 게으르다. 가수가 되지 않았다면 몇 달간 목욕도 하지 않고 부스스한 모습으로 술이나 마시고 살았을 게 틀림없는 그야말로 히피가 본성인 사람이다. 그런데 가수가 되고 난 뒤부터 내, 속에는, 무례하게도 내 생각이나 의지는 완전히 무시하며 움직이는 또 하나의 '내'가 생겨나, 본성의 내가 도저히 인정할 수 없는 삶을 제멋대로 조작하기 시작했다. '나'로서는 참으로 적응하기 어색한 삶이었다. 그렇게 어쩔 수 없이 어정쩡하게 이만치 살아왔다. 얼마 전에 발표한 〈찰나〉라는 새 앨범도 그 '자'의 짓이고 이 책도 그렇다. 나이가 칠십이 훌쩍

넘은 요즈음에도 그 ‘놈’이 혹시 또 무슨 엉뚱한 짓을 하지 않을까 하는 가벼운 걱정과 달콤한 기대로 즐겁다.

2023년

차례

—

5 작가의 말

—

16 중력

20 용기(勇氣)

24 작두

32 한 곡의 노래

38 낭만에대하여

44 노래의 팔자

54 쉬다 가면 안 될까

58 살아보기

62 박형준 선배

68 사택(舍宅)

72 촌놈

76 아름다운 세상

86 과객 인편에 중의 적삼 부치기

90 고마버라

94 뿔뚝 성질

100 손익 계산

106 너에게 미치도록 걷다

—

110 만화

114 강부자 선생님

118 가수 정미조

122 박정자 선생님

126 은인(恩人)

136 Your captain go die

148 잭 케루악《길 위에서》

156 라이파이

160 나가노 마모루《파이브 스타 스토리》

166 말로《재즈싱잉의 비밀》

172 핸드폰

176 효교(孝敎)

182 표절

188 음악 저작권 이야기

196 오빤, 코리언 스타일

206 필리핀

210 동경국제가요제

216 일파만파

224 S대 콤플렉스

230 경계음

234 부끄러움을 모르는 시대

잃어버린 것에
대하여

최백호 산문집

—

내 노래를 들으시는 분들은

내 소리가 나이 들어감을 느끼실 거다.

얼굴에 주름이 생기듯

목소리도 나이에 맞게 늙는다.

늙은 목소리일지라도

진심이 한결같다면

행복하리라 믿는다.

—

여든이 되어도

나는 〈입영전야〉를 부를 수 있다.

젊은 시절에 한 호흡으로 부르던 대목을

두세 호흡으로 나눠 부르면 된다고 생각한다.

여든에는 여든의 호흡으로

아흔에도 숨이 좀 가파르겠지만

충분히 노래할 수 있다.

최백호 산문집

중력

축구를 정말 좋아한다. 1979년부터 연예인 축구팀에서 축구를 시작했다. 그 시절 인기 남성 사중창단 블루벨즈의 박일호 선배님, 코미디언 남보원, 백남봉 선배님과 함께 축구를 했으니 어느덧 나도 한국 연예인 축구 역사의 산증인인 셈이다. 그 후로 혁혁한 공을 세우고 나서 얼마 전 조용히 은퇴(?)하고 요즘은 TV에서나 축구를 보며 그 열정을 달래고 있다.

그런데 축구를 보면서 해본 엉뚱한 상상인데 뉴턴이 인력을 발견했던 그 당시보다 지금의 지구가 더 수축되고 단단해지고 중력이 강해져서 사과가 땅에 떨어지는 속도가 더 빨라지지 않았을까 하는 생각을 해본 적이 있다. 왜냐하면, 축구공 성능 자체의 발전도 있겠지만 펠레가 축구 황제였을 때보다 메시나 호날두의 프리킥의 휘어짐이 더 커진 걸 보면 말이다. 또 공룡의 멸종도, 학설로 있는지는 모르겠지만 중력의 변화로 인해 체구를 지탱하기 어려워진 것 아니었을까? 그래서 중력을 견디어내려고 물로 들어가 고래가 되고 악어가 되어 종을 이어가고 있는 게 아닐까? 과중 몸무게나 비정상적인 키로 힘들게 살고 있는 코끼리나 기린들도 마지막 공룡의 후손들이 아닐까 하는 그런 엉뚱한 상상을 한 적이 있다.

세상 모든 만물에는 중력이 있다. 그 작용 형태의 차이는 있겠지만 동물에도 식물에도 무생물에도 틀림없이 중력이 있다. 그래서 내 직업인 노래에도 중력이 있음을 느낀다. 사람의 감성을 끌어당기는 중력의 차이, 거기에서 히트곡이 나온다. 그렇다면 어떻게 하면 중력이 강한 노래를 만들 수 있을까? 그 중력의 정체만 찾아낸다면 얼마든지 히트곡을 만들어낼 수 있지 않을까? 그러나 아쉽게도 나도 아직 모른다. 그걸 알았다면 지금보다 훨씬 더 잘나가는 가수가 되어있겠지. 그래도 그냥 희미하게나마 방향을 잡고 있는 쪽은 진심, 즉 '진정성'이라는 중력이 아닐까 한다. 진실한 마음으로 쓰인 노래들은 시대와 인종, 국경을 초월하며 세상에 알려진다. 어느 날 툭! 하고 우리들 가슴에 와닿는다. 그리고 긴 세월 동안 끈질기게 눌어붙어 때때로 추억에 젖게 하고, 눈물짓게 만든다.

40년쯤 가수 생활하다 보니 그런 게 느껴진다.

용기(勇氣)

나는 간肝이 크다는 얘기를 간혹 듣는다. 나 자신은 인정할 수 없지만, 그것이 아주 가까운 사람들에게서 듣는 말이고, 빈털터리 맨손으로 서울로 올라온 촌놈이 그런대로 살고 있으니 그렇게 보일 수도 있겠다. 그런데 솔직히 고백하자면 나는 간이 크지 않다. 되려 너무도 소심하고 찌질한(내 아내의 표현대로라면) 남자여서 어떤 일이 닥치면 한없이 고민하고 밤새워 걱정하며 돌다리는 아예 피해 가는, 마음 연약한 사람이다. 정말이다. 그런데 그런 내가 어떻게 사람들 앞에 나가 노래를 부르고, 방송에도 출연하는 이런 직업을 가질 수 있었을까? 수많은 관중이 기다리는 무대에 올라가기 전, 그 긴장감과 두려움을 어떻게 극복하고 견뎌낼 수 있었을까?

태어날 때부터 간이 크고 용감해서 매사에 자신감이 넘치는 사람들이 있다. 그런 사람들이 참 부러웠다. 무대에 올라가 멋지게 몸을 흔들고, 과감한 제스처로 관중을 열광케 하는 동료들을 보며 난 무대 뒤에서 감탄만 했었다. 통기타 가수인 김세환 선배가 TV에서 기타를 치지 않고 노래를 하는데 기타 코드chord 잡던 왼손을 둘 곳이 없어 왼 팔목을 잘라버리고 싶었다는, 그 왼손 들어 올리는 데 몇 년이 걸렸다는 얘기를 듣고 웃었던 적이 있다. 내가 그랬다. 어디서 노래를 할 때 기타를 들지 않은 날에는 정말 어색해하는 내 모습이 힘들었다. 나의 것인 내 손을 그저 턱 밑까지만 들어 올리면 되는데 그 용기를 한 번도 내지 못했다. 그래서 할 수 없이 그것을 포기하기로 했다.

그래, 열심히 노래만 하자. 소리로만 승부를 보자. 그렇게 마음먹고 열심히 열심히 노래에만 집중했다. 그러던 어느 날 문득, 신기하게도, 노래하면서 두 손으로 열심히, 나름 감정 표현을 하고 있는 나의 모습을 발견하였다. 세상에나! 내가 두 손을 머리 위까지 들어 올리며 열창하고 있는 게 아닌가? 그때 마음속에 울렸던 깨달음 하나. 아~ 진정한 용기란 의식 속에 있는 게 아니었구나! 나의 무의식 속에도 미약하지만 훌륭한 용기가 숨어있었구나.

용기는 용기가 없는 사람에게 필요하다. 세상 모든 용기 없는 이들이여! 용기를 내자. 두 손을 번쩍 번쩍 머리 위로 들어 올리자!

작두

내가 첫 앨범을 내고 공식적인 가수로 살기 시작한 것이 1976년 말부터였으니 어언 46년이란 시간이 지났다. 거기다 힘들었던 무명시절까지 합하면 50년이란 긴 세월이다. 한 분야에서 이만큼 굴러먹었으면 도가 트여도 한참을 트였을 텐데, 그놈의 도는 어디 나 없는 데만 숨어 다니는지 코빼기도 볼 수 없고 아직도 공연 때마다 긴장되고 떨린다. 혹시 가사 틀릴까 박자 틀릴까 노심초사하고 있는 자신을 보면 한심하기가 짝이 없다.

하기사 어릴 때 음악에는 관심이 하나도 없었고 신라의 솔거처럼 되겠다고 작대기 하나 들고 땅바닥에 그림만 하루 종일 그려대던 시골 촌놈 아이가 스무 살, 지금 생각해 보면 어리디 어린 그 나이에, 세상 물정 관심도 없던 그 나이에, 이 세상에서 제일 이쁘고 제일 멋지고 제일 씩씩했던 우리 어무이 무방비로 하루아침에 보내고 부산 부두길 훤한 대낮에 삼베 상복 입고서 몇 시간을 울고 서 있던 그 아이가, 악보도 소리도 모르며 친구들이랑 골목에서 딩동대던 생초보 기타 실력으로 무대에 섰던 그 첫

기적의 순간을 아직도 또렷이 기억하고 있으니. 그 기억이 지워지지 않는 한 나는 가수로서 도가 트이긴 틀렸다. 그걸 내가 안다.

그래서 지금도 음악 공부를 많이 한 동료나 후배들에게서 이런저런 핀잔을 듣기도 한다. 제발 악보대로 박자 좀 맞춰서 불러라, 같은 노래를 부르는데 부를 때마다 그렇게 다르면 어떡하냐 등등…. 그 친구들을 만날 때마다 염치 불고하고(나는 정말 다른 건 몰라도 음악 공부에는 체면이 없다) 정보도 얻고 뒤늦게 대학에 가서 정통 공부를 해볼까 해도 학력고사가 앞길을 가로막고 있다. 그래도 뒤늦게지만 나름대로 열심히 하고 있다.

그런데 말이야. 이건 내가 아무에게도 말해주지 않았고 정말 어느 누구도 눈치채지 못한 비밀인데. 나는 말이야 사실 노래할 때 작두를 탄단다. 음악이라는 아주 예민하고 날카로운 작두 위에서 무당처럼 춤을 춘단다. 맨발로, 머릿속은 완전히 비워지고 완벽한 무념의 상태에 들어가 훌쩍훌쩍 뛰며 춤을 춘단다. 그 순간 그곳에는 박자도 멜로디도 쉼표도

도돌이표도 없는 무아의 세계, 사실 그것마저도 느끼지 못하지만 그럴 거야 그것이 무아의 세계일 거야. 거기서 노랠 하는 거지—

도가 트인 걸까?

최백호 산문집

—

인생의 성成, 패敗는

진정성에서 결정된다고 생각한다.

내 주변 사람들에 대한,

내가 하고 있는 일에 대한,

그리고 나 자신에 대한 진정성.

한 곡의 노래

"세상사 마음먹기 달렸다"라는 말이 있다. 세상 살기 힘들더라도 항상 긍정적인 마음, 좋은 마음을 가지라는 말씀이다. 그렇다면 좋은 마음을 가지는 방법은 무엇일까? 사실 요즈음은 좋은 마음, 긍정적인 생각을 가지는 수많은 방법이 책이나 인터넷, 신문, 방송 등에 소개되고 있다. 그러나 그 행복 전도사들의 구구절절 방법은 대부분 너무 추상적이고 작가 일방적이어서 보통 사람들이 이해하고 실행하기엔 막상 쉽지가 않다. 애써 따라 하다 보면 오히려 머리가 더 복잡해지기도 한다. 그렇다면 좀 더 쉬운 방법이 없을까? 좀 더 간단하게 행복해지는 방법은 없을까?

그래서 나는 아침에 일어나 눈을 뜰 때 첫 생각을 좋은 생각으로 하면 되지 않을까 생각해 봤다. 기름은 기름끼리 모인다고 했으니 내 마음이, 내 몸이 좋은 생각, 좋은 기운으로 하루를 시작한다면 틀림없이 하루 종일 내 마음에 내 몸에 좋은 일 좋은 기운들이 몰려올 거다. 그런 발상이었다.

그런데 문제는 그 첫 생각을 어떻게 좋은 기분으로 만드느냐인데. 세상 살며 고민거리 걱정거리들로 가득한 우리의 뇌가 하루의 첫 생각을 즐겁고 편안하게 해줄 리 없다. 눈뜨자마자 미세먼지처럼 몰려오는 복잡한 돈 문제, 애들 문제, 부모 형제 걱정, 직장 문제 거기다 한심한 나라 꼬라지까지… 행복해질 리가 없다. 아무리 마음을 그렇게 먹으려고 해도 되려 더 복잡해지고 심각해질 뿐이다. 그러던 어느 날 나는 정말 쉽게 하루를 좋은 생각으로 시작할 수 있는 획기적인 방법을 찾아내고 단련, 터득했다. 그것은 아침에 의식이 깨면 눈을 감은 채로 내가 제일 좋아하는 노래 한 곡을 부르는 거다. 소리를 내어 부르면 가족들이 아침부터 많이 놀랄 테니 그냥 머릿속에서만 부른다. 노래는 어떤 장르 어떤 내용이든 상관이 없다. 아침부터 슬프고 청승맞은 노래를? 생각보다 괜찮다.

요즘은 눈뜨자마자 얼마 전에 <불후의 명곡>에서 린과 같이 불렀던 김수희의 <멍에>란 노래를 즐겨 부른다. "사랑의 상처를 남기네 이제는 헤어졌는데 그래도 내게는 소중했던…" 부분의 김수희의 꺾어지는 꺽, 꺽, 꺽, 대목을 따라 하다 보면 모든 잡념이 사라지고 단전으로부터 가슴 따듯한 기운이 올라오면서 눈이 맑아짐을 느낀다. 정말이다.

음악은 인간의 능력 중에서 가장 독특하고 아름답고 신비한 그 무엇이다. 음악은 우리의 예상을 훨씬 넘어서는 위대한 힘을 가지고 있다. 소설《오베라는 남자》에서 주인공의 부인이 "모든 어둠을 쫓아 버리는 데는 한줄기 빛만 있으면 돼요"라고 했듯이 좋은 생각을 가지는 데는 한 곡의 노래만 있으면 된다. 아니 한 대목만 있으면 된다. 노래 한 곡으로 즐겁고 행복한 하루를 보낼 수 있다면 그야말로 대박이 아닌가?

젊었던 시절 어느 겨울밤, 도시의 불빛이 내려다보이는 산꼭대기의 어둠 속에서 혼자 떨며 서 있었다. 어디로 가야 할지 한 치 앞이 보이지 않는 두려움 속에서 몇 년 전 돌아가셨던 어머니가 보고 싶었다. 그리고 눈물이 났다. 그런데 그 순간 갑자기 떠오른 노래 하나, "옛날에 신라적에 어지신 흥덕왕 때 앵무 한 쌍 길렀더니" 우리 어머님이 나를 재우며 불러주시던 그 자장가는 내 얼룩진 눈물을 닦아주고 내 굽은 등을 다독여주며 나를 산에서 내려가게 만들어주었다.

지금도 힘들고 어려울 때 나는 가끔 그 노래를 흥얼거린다. "낮이면 쫑알쫑알 밤이면 서로 끼고 정답게 지내더니 웬일인지 한 마리 병들어 죽었더니 나머지 한 마리는 땅을 파고 슬피 우네… 궁녀들이 불쌍해서 거울 한쪽 갖다 주니 오~ 내 사랑 반가워라 내 사랑…."

낭만에
대하여

2008년부터 SBS 라디오에서 〈최백호의 낭만시대〉라는 프로그램을 진행하고 있다. 그리고 20년 넘도록 〈낭만에 대하여〉란 노래도 부르고 있고. 그래서인지 간혹 '낭만'의 정의가 무어냐는 질문을 받는다. 그런데 노래만 그랬지 사실 나는 그리 낭만적인 사람도 아니고, 특별히 낭만을 연구한 것도 아니고 해서 명쾌한 답을 드리지 못하고 있다. 하지만, 가만 생각해 보면 뭐 낭만이란 게 별건가….

나는 일출보다는 일몰을 더 사랑한다. 세상을 삼킬 듯이 힘차게 솟아오르는 피둥피둥한 아침 햇살의 욕망스런 모습보다, 온몸을 불태워 최선을 다한 장엄한 황혼의 그 처절한 모습에 감동받는다. 누군가는 "그건 당신이 늙어서 그래"라고 하겠지만 젊어서도 그랬다. 중학생 시절, 학교 안 가고 책가방 베고 하루 종일 누워서 바라보던 고향 바닷가의 따듯한 저녁놀. 한 치 앞도 볼 수 없는 막막한 심정으로 서성이던 타향살이 L.A 산타모니카 해변의 검붉은 황혼, 하루 저녁 일곱 군데의 술집에 노래하러 나가던 길, 차를 세우고 넋을 잃고 바라보던, 내 머리 뒤로 번져가던 일산대교의 숨 막히는 일몰. 그런 것들을 좋아했다. 사랑한다.

그리고 나는 웃음보다는 눈물이 좋다. 즐거움으로 숨넘어가는 듯한 행복한 웃음소리보다, 아픔을 억누르며 소리 없이 흘리는 눈물에 더 마음이 움직인다. 밝고 경쾌한 가벼운 노래보다는 슬프고 가슴 아픈 노래들이 좋다. 가사도 멜로디도 슬퍼야 편하다. 그래서 박남정보다는 김수희가 좋다. 김수희의 그 끈적하게 붙어 늘어지는 〈애모〉가 좋다.

영화도 그렇다. 신나는 활극보다는 비극이 좋다. 고등학교 1학년 때였나…. 〈초우〉란 미성년자 관람불가 영화를 친구와 숨어들어가 봤다. 그날 금세라도 쏟아져내릴 것 같던 깊고 검은 눈동자의 여주인공 문희 씨를 가슴에 품었다. 그리곤 전봇대에 붙어 있던 영화 포스터를 뜯어와서 책갈피에 숨겨두고 혼자서 은밀히 꺼내보곤 했었다. 훗날 가수가 되고 나서 그 기억을 더듬어 문희 씨에게 바치는 노래를 만들었다. 〈초우의 히로인 문희 씨에게〉라고…. 히트하진 못했지만.

내 직업은 다양한 종류의 사람들을 만나게 된다. 가난하여 생활이 어려운 사람들부터 돈 많고 편안하게 사는 사람들까지. 삶에 지쳐 힘없는 사람들부터, 세상일 모두 자기 뜻대로 이룰 것 같은 권력자들까지. 그러나 나는 그 힘 있는 사람들의 자신감 넘치는 모습보다는, 차가운 바람 속에서 힘겹게 리어카를 끌며 폐지를 모으는 할아버지 할머니들의 이야기가 더 가슴에 와닿는다, 아프다. 사람은 눈빛에 마음이 있다. 평범하고 착하게 사는 사람들의 눈에는 욕심이 보이지 않는다. 번들거리지 않는다. 그러나 돈과 명예에 뜻을 둔 사람들의 눈빛을 보라. 무섭다. 옛 시조에도 있지 않은가. 성낸 가마귀 흰빛을 새오나니….

정치는 잘 모르지만 나름대로 이승만 대통령부터 이명박 대통령까지 우리의 현대사를 지켜보며 살아왔다. 그러나 그동안 멋진 뒷모습의 대통령을 본 적은 한 번도 없다. 정말 부끄럽고 슬픈 일이다. 이제 새 대통령의 시대가 열린다. 일개 가수의, 국민의 바람일 뿐이지만 이번 대통령께서는 TV 뉴스 시간에

나 볼 수 있는 딱딱하고 권위적인, 우리와는 먼 곳에 있는 사람이 아닌, 일몰의 여유를 즐기는, 눈물의 진정한 의미를 아는, 진심으로 힘들고 서러운 국민의 편에 서 있는, 우리와 똑같은 모습의 대통령이면 좋겠다. 그래서 5년 뒤 모든 국민의 진심 어린 박수 속에 웃으며 손 흔들며 돌아서는, 그야말로 낭만적인 뒷모습을 볼 수 있으면 좋겠다.

낭만, 어렵지 않다.

—

미술이나 문학은

인간이 만든 인간의 세계라고 생각한다.

그러나 음악은 먼 우주에서 왔다.

어떤 사람들은 이미 좋은 멜로디는

다 만들어졌다고 하지만

천만에 아직도 온 우주에 무궁무진하다.

흘러넘친다.

노래의
팔자

한 몇십 년 노래만 하며 노래와 같이 살다 보니 어떨 땐, 노래에도 생명이 있어 팔자가 있는 게 아닐까 하는 엉뚱한 생각이 들 때가 있다. 말도 안 되는 얘기라고 웃으실지 모르지만 웃어넘겨 버리기엔 먹고사는 문제가 걸린 심각한 입장이라 한번 주의 깊게 따져볼 필요가 있다. 예를 들면, A라는 가수가 불렀을 때는 별로 빛을 못 보다가 B라는 다른 가수가 불러서 크게 히트를 하게 되는 경우가 있는가 하면, 좋은 가사와 멜로디, 좋은 편곡에다 목소리 좋은 가수, 거기다 든든한 제작자가 어마어마한 액수의 PR비까지 쏟아부어도 꿈쩍 않는 노래들도 있으니까…. 그건 그 가수의 팔자 아닌가라고 할 수도 있겠지만 다른 시각에서 "어! 저놈들이 생물처럼 살아서 제 맘대로 세상 날아다니며 장난질 치네…" 하는 기묘한 느낌이 들 때가 있다. 확실히 그놈들은 살. 아. 있. 다.

내 노래 중에 세상에 가장 많이 알려진 노래로는 〈낭만에 대하여〉란 곡이 있다. 1995년 여름날에 만들었으니까 20년이 넘는 긴 세월 동안 꾸준히 나를 먹여살리고 있는 고마운 놈이다. 이 녀석은 내가 서울 목동의 27평짜리 아파트에서 아내와 딸아이랑 살고 있을 때 찾아왔다. 그때만 해도 내 마이너스 통장에는 플러스가 새겨지는 날들이 드물던 때였고 그렇다고 희망찬 미래도 보이지 않는 미흔의 중반에, 아이고 내가 이 나이에 고상한 척 폼 잡고 "가을에 떠나지 말아요" 하고 분위기 잡아봐야 뭐하겠노, 그냥 사람들이 좋아하는 뽕짝이나 하나 불러서 돈이나 좀 벌어보자 하는 심정으로 만들었던 노래였다.

노래는 그럴싸하게 만들어놨는데, 다 늙은 가수의 앨범을 내줄 제작사 찾기란 쉽지 않았고 그렇다고 내가 직접 음반을 만들려면 최소한 몇천만 원이 필요하니 그 돈 구할 수 있는 형편은 못 되어서 '에라 모르겠다 어찌 되겠지' 하고 뒤로 던져놨었다. 그런데 바로 며칠 뒤, 모 방송국에서 예전 조용필 씨의 매니저였던 제작자 선배 한 분을 만나게 된다(이 부분도 내가 노래에도 팔자가 있다는 걸 강조하는 이유 중에 하나다).

그날 그분은 나를 보자마자 “내 니 앨범 하나 하고 싶은데 좋은 곡 좀 있나 어떻노?” 하는 게 아닌가? 그 선배와 나는 제법 긴 세월을, 한 달에 한두 번 정도 방송국 복도에서 만나는 사이였어도 서로 일에 관한 얘기를 나눈 적은 없는, 그야말로 그냥 아는 사이일 뿐이었는데 왜 그 노래가 만들어진 바로 그때, 그날, 어떻게, 무슨 생각으로 그 얘기를 꺼냈을까? 그분의 동물적인 사업적 후각? 물론 음반 제작자로서 뛰어난 능력이 있었으니 조용필이란 한국 최고의 가수와 같이 일을 했겠지만, 그날 분위기의 흐름은 그게 아니었다. 그건 아무리 기억해 봐도 ‘그 노래’의 강력한 운명의 힘이 그 선배와 나를 연결해 주기 위해 은밀하게 움직였다고 밖에 볼 수 없다. 그 녀석이 스스로 자신의 팔자를 개척해 나가기 시작했다는 이야기다.

그렇게 〈낭만에 대하여〉는 만들어졌다. 나는 꿈도 꿀 수 없었던 비싼 실력파 편곡자와 연주자들… 그리고 처음으로 전문 디자이너가 만든 앨범 자켓.

거기다 든든한 제작사까지….

그런데, 1977년 1월의 겨울. 힘들게 첫 앨범을 내놨던 그 어느 날, 명동을 걷다가 레코드 가게의 스피커에서 길을 쩡쩡 울리며 흘러나오는 내 목소리에 온몸을 떨며 울고 섰던 그 감동의 순간을 다시 맛보게 되나 하는 나의 기대는 쉽게 이루어지지 않았다. 그렇게 공을 들인 앨범이 어찌 된 일인지 일 년이 넘도록 아무런 반응을 얻지 못한 채 희미해져가고 천하의 제작자인 그 선배도 "이상하네, 잘 안되네" 하며 머리만 갸웃거릴 뿐이었다. 사실 그동안 몇 번의 앨범에서 실패를 겪어봤던 나는, 그래 내 팔자에, 이 나이에 히트곡은 또 무슨 히트곡… 그냥 가을 되면 눈 지그시 감고 분위기 잡아가며 "내 마음 갈 곳을 잃어"나 부르며 살지 뭐. 그만한 히트곡도 없어 힘들게 노래하는 가수들이 얼마나 많은데 그렇게 자위 겸 포기를 했었다.

그런데! 1996년 가을 어느 날, 다급하게 걸려온 음반회사 여직원의 전화. "선생님 이상해요, 오늘 갑자기 주문이 천 장이나 들어왔어요." 나는 아직도 그 여직원의 낭랑한 목소리의 울림을 기억한다. 아니 내놓은 지 1년 반이나 지난 노래가, 한 달에 겨우 스무 장이나 팔릴까 말까 하던 앨범이 갑자기 이 무슨 조화로…. 나는 갑자기 뛰기 시작하는 내 심장을 심호흡으로 가라앉히며 찬찬히 그 이유를 물어봤다. 그런데 무슨 TV 드라마에서 그 노래가 흘러나왔다는 거였다. 바로 〈목욕탕집 남자들〉이었다. 뒤늦게 찾아본 김수현 작가의 그 드라마에는 아~ 배우 장용 선생님께서 그 노래를 부르고 계셨다.

…그 운명, 분명 그것은 나의 운명도 팔자도 아니었다. 그것은 〈낭만에 대하여〉라는 하나의 생명체가 치밀하고 강력한 힘으로 김수현 선생님이 차에서 라디오를 켜게 했고 "첫사랑 그 소녀는 어디에서 나처럼 늙어갈까"라는 대목을 슬쩍 흘려 당시 최고의 인기 드라마에다 자신의 존재를 드러나게 만든 것이었다.

〈낭만에 대하여〉는 아직도 끈질긴 생명력으로 그리고 강력한 운명의 끈으로 나와 이어져 있다. 그 노래 하나로 이렇게 말년의 가수 생활에 여유를 가질 수 있음에 음반 제작자 유재학 선배, 작가 김수현 선생님, 장용 선생님께 새삼 감사를 드린다. 그리고 음반을 구매해 주시고 변함없이 노래방에서 나의 노래를 애창해 주시는 이 땅의 모든 분께 〈낭만에 대하여〉를 대신하여 진심의 감사를 전한다.

—

〈낭만에 대하여〉 노래에 나오는

'그야말로 옛날식 다방'은

부산 동래시장 근처 수안파출소 부근의

어느 허름한 다방이었다.

힘들었던 시절 길을 걷다가

갑자기 비가 쏟아져 들어갔는데

그곳에서 에이스 캐논의 색소폰 연주곡인

〈로우라〉가 흘러나와 그 자리에서

스무 번을 넘게 들었던 것 같다.

그런 기억을 더듬어 만든 노래다.

—

내게 가장 소중한 노래는

〈내 마음 갈 곳을 잃어〉라는 데뷔곡이다.

어머님이 돌아가시고 절망적이었던 나에게

희망의 길을 열어주었고

지금에까지 올 수 있게 해준 노래다.

나의 최고의 히트곡은 〈낭만에 대하여〉이지만,

그 노래 역시 〈내 마음 갈 곳을 잃어〉가

있었기 때문에 가능했다.

최백호 산문집

쉬다 가면
안 될까

그야말로 사력을 다해 살던 친구 하나가 겨우 일이 풀리고 가정도 편안해져 이제 좀 살만하겠네 했는데 덜컥 몹쓸 병에 걸려버렸다. 삶이란 참 잔인하고 무섭다. 사냥꾼에 쫓기는 노루가 죽을힘으로 도망치다가 햇살 따뜻한 언덕에서 잠시 뒤돌아보는 순간 총에 맞는 것처럼….

이십 대 초반, 막내아들 외동아들로 세상 물정 모르고 철없던 나는, 갑자기 어머님이 돌아가시자 그 충격으로 완전히 정신을 놓아버렸다. 의식은 멍하니 눈앞에 펼쳐지는 마지막 모습을 카메라처럼 바라보기만 했고, 몸은 그 영상에 아무런 반응을 하지 않았다. 눈물마저도 나오지 않았다. 그저 순간순간의 시선만 움직이고 있었을 뿐, 어쩌면 나는 내가 누구인지도 잊어버렸을 것이다. 배가 고프고 잘 곳이 없다는 뼈아픈 현실도 심각하게 와닿지가 않았다. 이미 두려움도 부끄러움도 없었다. 그렇게 3년을 유령처럼 살았다. 그러다 우연히 다가온 생명의 끈, 정신없이 그 끈을 잡고 매달렸다.

돌아보면 긴 세월 참으로 격렬히 살았다. 많이도 부딪치고 많이도 고집하고 죽을 듯이 좌절하기도 했다. 사람은 저마다 주어진 능력과 기회와 마음가짐에 따라 사는 것 같은데, 나에게 주어진 것이 너무 보잘것없고 초라해서 숨죽여 울었던 적도 많았다. 그래도 꾸역꾸역 그 운명의 굴레를 짊어지고 살아왔다.

그러나 그렇게 살아보니, 이제 여기 와보니, 모두 길어야 백 년, 겨우 그 테두리 안에서, 특별히 부러워해야 할 인생은 별로 없을지도 모른다는 생각이 든다. 그래 이제라도 모두 내려놓고, 가능하다면 느릿느릿 이야기도 하며 웃기도 하고 쉬다 가다, 가다 쉬다 살면 안 될까? 그렇게 편하고 느리고 게으르면 저기 저 사냥꾼이 먼저 지치지 않을까?

Beck HO

살아보기

—꽃이 나를 때렸는가? 바람이 내게 상처 주었는가? 아니다 사람이다. 사람이 사람인 나를 때리고 모욕하고 상처 내더라. 나는 늙어 쪼그라진 몸이 되어도 내 옷자락을 들출 것이 인간임을 안다. 그리고 그들은 그것을 잊어버릴 것임도 안다. 잔인한 것들, 사람—

그리고 사람의 세상에서 사라지려고 했다. 한 번도 아니고 아주 여러 번을.

그가 얼마 전 이런 엽서를 보내왔다.

—적어도 살았기 때문에 이런… 처절하게 아름다운 것들을 만났지요—

—대개의 아이들이 부모님이 달아놓으신 리본을 따라 소풍 가듯 안전하게 오가는 길을 저는 혼자 헤매어야만 했습니다. 깊은 산속으로 들어가 무서운 짐승들을 만나기도 했고 때로는 천 길 낭떠러지에서 비명도 지를 수 없었습니다. 그러나 가장 무서웠던 것은 인가人家. 사람이 사는 마을이었습니다. 산에 살던 야생의 짐승 하나 내려

온 듯이 훠이 훠이 쫓기도 했고 망을 보거나 독을 풀기도 했습니다. 짐승이래도 어린 짐승이었을 텐데 말이죠.

저는 숨을 죽였지요. 아, 이곳에서 살아남으려면 나도 인간인 척해야 하는구나. 그래서 그들의 언어 속 문법을 익혔지요. 그것은 강철처럼 굳건해서 절대로 바뀌지 않을 체계였습니다. 그러나 적어도 그것을 지키는 사람에게는 비교적 너그러웠습니다. 아니, 무관심했습니다. 그래 저도 살아졌습니다.

이제 백호 형도 저도 흰머리가 어지간해졌지요? 그래선지 이런 생각도 듭니다. 내가 거쳐온 그 산속에서 내가 겪었던 것이 공포恐怖만이었던가? 아무도 맛보지 못했을 맑은 샘물, 아무도 보지 못했을 야생화 들판, 봄날 산속 바람은 내 귀에만 노래를 부르지 않았을까? 그런 생각이지요—

그가 말한 삶의 처절한 아름다움, 그래 이제 좀 살 만하구나! 미소가 지어졌다. 오랜 연극 무대를 끝내고 보람 있는 일을 찾아 떠난 사람의 이야기. 살고 볼 일이다.

박형준 선배

〈첫사랑 언덕〉이라는 달콤한 노래를 아시는가? 미국에 팻분이 있었다면 한국에는 박형준 선배님이 계셨다.

1960년대 따듯하고 부드러운 실바람 같은 목소리로 부른 스윙 리듬의 〈첫사랑 언덕〉은 많은 여성 팬들의 가슴을 설레게 만들었다. 그리고 당대 최고의 엘리트 가수였던 최희준, 위키리, 유주용 선배들과 같이 만든 남성 사중창단 '포클로버스'로 세련된 의상과 무대 매너를 보여 가요계에 신선한 바람을 일으켰던 분이시다. 2년 전쯤에 떠나사셨던 미국에서 타계하셨다는 아쉬운 소식을 들었다. 박형준 선배님을 자주 뵙지는 못했지만 방송국에서 한 번씩 만날 때마다 따뜻한 격려의 말씀을 해주셨던 그리운 기억으로 남아있다.

그런데 그 선배님이 겉으로 보기에는 참 연하고 자상해 보이는 표정과 달리 굉장히 강직한 면을 가지신 분이란 걸 우연히 알게 된 계기가 있었으니….

1978년쯤으로 기억하는데 어느 날 내가 모 방송

국의 TV 쇼 녹화를 갔는데 스튜디오 입구에서 마침 박형준 선배님과 그 쇼의 PD가 —그 시절 아주 악질 PD로 소문났던— 약간의 다툼을 하고 계신 광경을 보았다. 그런데 그 내용을 뒤에서 들어보니 박형준 선배님의 머리가 좀 장발이어서 그 PD는 뒷머리를 좀 자르고 녹화하자는 얘기였고 박형준 선배님은 그럴 수 없다는 내용의 다툼이었다. 그리고 그 PD의 손에는 가위까지 들려 있었으니 —믿기지 않겠지만 그땐 그랬다— 그 상황에 PD가 "아니, 그럼 방송을 하겠다는 거요 안 하겠다는 거요?" 하고 화를 내니 선배님께서는 두말 않고 "그래 나 안 할래, 간다" 하시고는 뒤에 서 있는 나에게 "응, 백호니? 방송 잘하고 가" 하시며 그대로 가버렸으니. 아~ 그때 새까만 신인가수였던 나에게 선배님의 그 모습이 너무나 멋지고 자랑스럽게 가슴에 남겨졌으니. 그런데 이후 상황은 엉뚱한 방향으로 흘러갔다. 내가 보는 앞에서 조금 망신을 당한 그 PD께서 그 분풀이를 나에게 하셨으니….

그날 리허설 때 밴드와 편곡 문제로 조금 시간이

지체되는 일이 생겼는데 그 PD 분이 주조에서 마이크를 통해 “야 이 ××야 시간 없어 할 거야 말 거야” 하며 심한 욕설을 하는 게 아닌가. 그날 내가 박형준 선배님의 그 모습을 목격하지 않았다면 나는 아마 당연히 “네~ 죄송합니다. 빨리할게요” 하고 모욕을 참으며 녹화를 했을거다. 그렇지만 이미 내 가슴엔 선배님의 그 힘찬 모습이 새겨져버린 뒤였으니. 내가 그날 새파란 신인 주제에 들고 있던 마이크를 통해 그 PD에게 뭐라고 욕설을 하며 나와버렸는지 여기서 밝힐 수는 없다. 하여튼 나는 그 후 그 방송국에 얼마간 출연 정지를 당했고 그 PD의 프로그램에 한 번도 출연한 적이 없었다.

몇 년 전 우연히 여의도 어느 커피숍에서 그 PD 분을 만났다. 이젠 방송국에서 은퇴하고 쉬신다고 하셨다. 나도 그분도 그야말로 흰머리에 주름진 노인의 모습으로 마주 앉으니 만감이 교차했다. 이제와보니 아무것도 아닌데 아무것도 아닌데.

박형준 선배님이 그립다….

사택(舍宅)

공연을 다니다가 시골학교를 보면 꼭 차를 세우고 들어가 운동장도 한번 걸어보고 유리창 너머 교실 안도 들여다보곤 한다. 어린 시절을 학교 사택에서 살아서 그런지 시골학교에는 왠지 추억의 흔적이 느껴지기 때문이다. 그러다 간혹 그곳에 근무하는 선생님들을 만나게 되면, 특히 여선생님들을 뵈면 더 반갑고 괜히 그분들에게서 돌아가신 어머님의 모습을 찾으려 하기도 한다. 내 마음이 그렇다.

어릴 적 어머님을 따라 학교 사택으로 이사를 다녔다. 사택이란 게 그곳에서 사는 아이들에겐 묘한 느낌의 곳이었다. 우리 집인데도 우리 것이 아닌, 그렇다고 주인 눈치 보는 셋방살이는 아니어서 조금은 편했던…. 그러나 한 번도 수리를 제대로 하지 않아 이전에 살다 떠난 선생님 아이들의 낙서로 가득한 벽과 구멍이 숭숭 난 부엌 벽 들은, 뭔가 기대를 하고 놀러 온 같은 반 아이들에겐 좀 부끄럽기도 했던, 그런 곳이었다.

그래도 새로 이사를 가면, 뚫린 문풍지는 얇은 달력 종이로 발라 막고, 천장의 쥐구멍도 때우고 흙이

드러난 벽도 어머님이 학교에서 가져온 신문지로 도배를 했다. 같은 사택에 사는 아이들과는 눈치 봐 가며 형이라고 부를지 동무가 될지도 익혀가고 좀 거친 아이가 있으면 되도록 피해 가며 1학년, 6학년, 중학생이 되어갔다.

"선생님 아~들(애들)"은 비슷한 환경, 같은 문화권이라 그런지 특유의 분위기가 있었는데, 실제 성적과는 상관없이 약간 공부를 잘할 것 같고, 약간 모범생인 척하려 했고, 약간 멋을 덜 부리고 튀지 않으려 했다. 그래서 다른 아이들도 어느 정도의 선을 그어두어 보호하려 하고 되도록 부딪히지 않으려 했다. 얼마 전 동창회에서 만난 그 시절 주먹 좀 쓰던 친구 녀석도 "그땐 네가 선생님 아들이라 내가 좀 봐줬지" 하고 뒤늦은 공치사를 하기도 했다.

사람은 태어날 때 자기 먹을 밥그릇을 가지고 태어난다고들 한다. 그렇다면 그 밥그릇은 무엇으로든 채워질 것이다. 물질이 풍족하면 그것으로, 아니면 또 다른 것들로….

궁핍했던 그 시절이 오히려 낭만적이었다고 느껴지는 건 내 밥그릇에 다행히 물질만이 아닌 그 무언가가 더 많이 담겨 있어서 아닐까?

촌놈

나는 참 촌놈이다. 촌에서 태어났고 촌에서 자랐으니 당연한 얘기지만 그래도 서울 생활 50년이 되어가는데도 아직도 그 촌놈의 태態를 벗지 못했다. 간혹 고향 친구들(진짜 촌놈들)이나 만나면 그래 내가 그래도 나름 세련된 서울내기가 되었구나 하다가도, 이놈의 회색의 삭막한 미세먼지 속에만 들어서면 몸에서 소리에서 성질에서 화학적으로 삐져나오는 촌놈의 속성은 어쩔 수가 없다.

1974년 서울로 와서 가수 한번 해보겠다고 대학 다니던 고향 친구 청파동 하숙방에 얹혀살며 버스비 아끼느라 서소문 레코드사 연습실까지 걸어 다닐 때 길가 가게들 유리창에 비치는 시커멓고 초라한 내 모습에 놀라서 황망히 고개를 돌려 피하던 촌놈이….

어떻게 어떻게 첫 앨범이 나오고 그 노래가 생각보다 빨리 알려지고 여기저기서 내 이름 부르는 소리가 들리기 시작하던 때에도 어리숙하게 레코드사에서 돈 한 푼 제대로 받지 못하고 몇 달씩 밀린

하숙비 때문에 하숙집 주인 눈치나 보며 살던 촌놈이. 웬일인지 자신도 믿을 수 없는 결연한 의지로 1979년 당시로는 어마어마한 구백만 원이라는 고액의 계약금을 받고 한국 굴지의 레코드사로 옮기기도 했지만, 그 돈 덩어리를 어찌해야 할지 몰라(나는 정말 그때는 은행의 기능을 전혀 이해하지 못했다) 하숙집 이불 밑에다 숨겨놓고 한 푼씩 꺼내어 쓰던 촌놈이.

엉겁결에 어정쩡한 '스타'라는, 진정 어색한 호칭이 붙고 그날부터 눈앞에서 펼쳐지던, 정말 그전까지는 기대도 상상도 못 하던 풍족하고 달콤하여 유혹적인 그 세상의 일들에 결국엔 어울리지 못하고 저만치 떨어져 얼빵한 표정으로 바라보기만 하던 이 촌놈을, 그 세상의 사람들은 되려 아주 차갑고 냉정한 인간으로 판단해 버리기도 했던 것 같다. 그렇게 몇십 년을 버티며 살아왔다.

나는 아직도 촌놈이다. 서울에서 나고 자란 다마네기 아내의 기준으로는…. 그러나 한 번씩 만나는 시골 국민학교 개구쟁이 친구들에게서 말아지는 그 시큼털털한 냄새가 좋다. 편안하고 눈물지다. 그 촌놈이란 내 이름이 좋다.

아름다운
세상

화가의 꿈을 꾸었던 중학생 시절, 같이 그림 그리던 친구들이랑 어디서 주워들은 '프로방스'란 곳에 대해 진지하게 얘기를 나누었던 적이 있다. 프랑스란 나라가 세상 어디쯤에 붙어있는지도 잘 모르면서 고흐나 피카소 등 세기의 대가들이 불멸의 작품들을 완성시켰던 곳이어서 그곳에 가면 저절로 그림이 잘 그려질 것 같은 그런 환상에 갑론을박을 하기도 했다. 어른이 되면 꼭 그곳에 가보리라고 마음속으로 다짐하곤 했었다.

그러나 어른이 되어서도 파리에는 두 번 정도 다녀왔지만 어린 시절 나와의 약속으로 남아있던 그곳, 남불 쪽으로는 가볼 기회가 없었다. 그러다 2년 전, '대상포진'이란 고약한 병치레를 한번 겪었더니 내가 진행하고 있는 라디오 방송에서 이 노인네 그냥 두면 영 가버릴 것 같았던지 열흘의 휴가를 주었다. 그래서 아내에게 코트다쥐르 해안을 뚜껑 여는 차 한 대 빌려서 낭만적으로 한번 달려보자고 했더니 시큰둥한 표정으로 "그냥 혼자 다녀오시라"고 하는 게 아닌가. 사실 아내는 날 따라가봐야 별 재미가 없다는 걸 몇 번의 경험을 통해서 잘 알고 있었고 솔직히 나도 왠지 그곳은 혼자 자유롭게 훨훨 날아다녀보고 싶다는 바람이 있었기에 언어 장벽이란 막강한 부담을 지고도 5월, 푸르렀던 어느 날 프랑스행 비행기에 가볍게 몸을 실었다.

밤늦게 니스공항에 마중 나온 한국인 민박집(그 여행에서 유일하게 실패한 종목이었다) 주인아주머니의 곡예 운전에 불길한 예감이 들기도 했지만, 어찌 됐든 다음 날 아침, 대망의 남프랑스의 청록색 하늘 아래에서 잠을 깨어 꿈같은 여행을 시작하였다.

'앙티브'는 니스와 깐느의 중간에 위치한 소박하고 아름다운 곳이었다. 괜히 미국 가수 마돈나가 깐느 영화제에 오면 깐느에 묵지 않고 앙티브에 숙소를 구한다고 하겠는가…. 피카소가 여생을 보냈던 해변의 아름다운 미술관에서 찾아본 대가의 발자취. 하루 종일 넋을 잃고 빠졌던 샤갈 미술관, 생폴드 방스에서 우연히 만난 샤갈의 묘지, 그리고 에즈, 망통 등 매일매일의 아름다운 풍경, 아름다운 미술

품 들에 취해 다녔다. 훗날 여유가 되면 이곳에 와서 오렌지빛 햇살 아래 빛나는 코발트 바다에 발 담그며 몇 년쯤 살아보고 싶다는 욕심을 가지기도 했다. 프랑스 사람들은 불친절하고 영어로는 대화를 하지 않는다던 많은 조언(?)은 나의 엉터리 영어에도 친절하게 설명해 주고 안내해 주던 인상 좋은 프로방스 사람들에게는 필요 없는 걱정이었다. 그때 마침 깐느에서는 영화제가 열리고 있었고 저녁 식사를 위해 들렀던 깐느 해변의 일식집 한국인(?) 주인이 내가 좋아하는 배우 전도연 씨가 다녀갔다고 말해줘서 아쉬워했던 일들. 모나코에서 돌아오는 기차에서 내 지갑을 훔치려 했던 이쁘고 귀여웠던 어린 소매치기들까지 —운 좋게도 지갑은 찾았기 때문에— 어느 곳 어느 것 하나 아름답지 않은 것이 없었다. 완벽하게 아름다운 세상… 그것이 그곳에 있었다.

그런데 그렇게 며칠 동안을 그 현실의 그림엽서 속에서 황홀한 여행을 하던 내 마음에, 나라는 이 여리고 변덕스럽고 교활한 인간의 마음속에, 묘하고도 믿기지 않는 작은 파문 하나가 일었다. “아름다움도 일상이 되면 지친다.”

그 순간 나는 “그 무슨 말도 안 되는 생각을, 그냥 가벼운 홈 시크(향수병)일 거야” 하며 마음을 다독였지만, 갑자기 저기 저 동방의 작은 나라, 울긋불긋 지저분한 간판들로 가득한 서울 거리가 잠깐 떠올랐다. 여기저기 항상 쓰레기가 버려져 있는, 보도마다 시꺼먼 그 껌 자국들이 거짓말처럼 조금씩 그리워지기 시작했다는 거다. 물론 나머지 이틀 정도의 시간은 다시 어린 시절의 모습으로 돌아가 꿈에 젖어 보낼 수 있었지만….

여행이 끝나고 지친 몸으로 내린 인천공항의 미세먼지 가득한 회색의 하늘에서 나는 또 다른 의미의 아름다움을 보았다면 지나친 난센스일까? 아름다움… 그것의 기준은 무엇일까? 그 또한 마음먹기에 달렸을까?

—

어렸을 때부터 그림 그리기를 좋아했다.

그땐 사실 가수가 될 줄은 몰랐다.

어머니가 교편을 잡으셔서

나도 언젠가 미술 선생님이 되고 싶었다.

오랜 시간 가수로 활동하면서도

때가 되면 그림을 그리고 싶었다.

환갑이 다 되어서야 시작했지만

음악을 할 땐 항상 긴장하는 편인데,

그림을 그릴 땐 마음의 평온을 느낀다.

최백호 산문집

—

내가 그리는 그림에는 나무 그림이 많다.

어머니와 함께 살았을 때 집 앞에 벚나무들이 있었다.

어린 시절 많은 위로를 받았다.

맨 처음 그린 그림도 나무 그림이었다.

지금까지 이백여 점의 나무 그림을 그린 것 같다.

나에게 있어서 바다란 어머니 같은 존재다.

바다는 항상 나의 배경이다.

그 모티브가 나의 노래가 되고 그림이 되기도 한다.

20년 전쯤에 만들기 시작해서

아직도 완성하지 못한 노래가 하나 있다.

제목이 〈바다를 떠나 사는 사람들에게〉이다.

"언젠간 다시 돌아갈 거란 생각으로 살고 있는가요?

그 생명의 바다. 푸른 파도의 고향으로"

라는 가사로 시작되는 노래이다.

내게 바다는 그리움이다.

그리운 어머니.

과객 인편에
중의 적삼
부치기

어릴 적 두부 심부름을 많이 다녔다. 우리 어머님, 장손이자 외동인 나에게 심부름시키실 리는 없었고 보통 내 위 둘째 누나의 역할이었는데 그 누님이 지금도 좀 파쇼적이시라 그때도 "니(너)!" 하면 당시 서열 3위인 나는 끽소리 없이 찌그러진 양재기 하나 들고 마을에서 떨어진 학교 사택에서 안동네까지 걸어간다. 가는 길에 지나가는 강아지 오요요요 한번 쓰다듬고 놀다가, 요랑(워낭)소리 딸랑거리는 소는 무서워서 꼬리 피해 멀리 돌아가고, 길섶에 고운 꽃 있으면 냄새도 한번 말아보고 어무이(어머니) 갖다 드릴까 꺾어도 보고, 동네 이쁜 여자아이 만나면 안 보는 척 뒷모습 끝까지 쳐다보고…. 그러고는 누나가 불안에 떨다 체포하러 동네를 헤맬 적엔 나는 이미 양재기도 두부도 두부 살 돈도 다 잊은 사람이다.

매를 드신 어머니 앞에 둘 다 팔을 높게 올리고 벌을 설 때 누나가 훌쩍거리며 "논둑에 앉아가지고는 예 내가 펄펄 뛰는데 누우야 저어기 산 위에 연 날라가는 거 함 봐라 그랍디더" 그랬단다. "양재기는 어쨌는데?" "두부 살 돈은?" 기억이 안 났다. 그냥 구름 구경하다가, 산 구경하다가 구경 구경하다가 그 사이로 머얼리 연 하나가 날아가서 구경만 했을 뿐인데. "모르겠는데예…."

찬찬히 아들 눈을 들여다보시던 어머님은 일단 절도 혐의는 없는 걸로 판단하시고는 원인 제공한 딸에게 혀를 차며 말씀하셨다. "과객 인편에 중의 적삼 부치지 동명(내 아명)이한테 그걸 시켰노." 그때는 그 말씀이 얼마나 모욕적인 것인 줄 참말로 몰랐다.

낭만시대라는 이름으로 라디오를 진행한 지 벌써 14년이 넘었다. 그동안 방송시간 한 번 늦은 적 없고 장기 휴가 다녀온 적 없이 착실히 해왔다. 본업인 가수 말고는 한 가지 일을 이렇게 오래 꾸준히 하는 건 첨이다. 그런데 나의 이런 착실한 시간이 길어질수록 가족들은 불안한가 보다. 언제 집어던지고 도망을 가버릴지 어느 날 또 무슨 사고를 칠지. 아내가 우스개로 "적금 끝날 때까지만 참아라"라고 했는데 아내는 계속 새로운 적금을 들고 있는 것 같고….

나이 더 들기 전에 한 1년 만이라도 햇빛깔 아름다운 곳에 가서 그림이나 그리며 살아보는 게 내 소망이다. 여유가 있다면 프랑스 남부쯤이 좋고. 46년 세월 열심히 노래만 불러온 늙은 가수의 꿈 치고는 소박한 거 아닌가. 그러나 오늘도 오늘도 들썩거리는 엉덩이를 누르며~

“안녕하세요 최백호의 낭만시대 가수 최백홉니다~ 오늘 낭만시대 첫 노래는 최헌의 <구름 나그네>.”

고마버라

내가 어렸을 적에 돌아가신 친할머니는 나의 희미한 기억 속에서나 누님들의 증언을 통해서나 중국의 등소평 선생을 많이 닮으셨다. 둥근 얼굴에 낮은 코, 눈꼬리는 아래로 처졌으며 큰 눈도 아니셨는데, 지금 천당에서 —독실한 가톨릭 신자셨으니— 이놈의 장손이란 놈이 남자를, 그것도 중국 남자를 나에게… 하고 화를 내실지 모르지만 할머니를 떠올릴 땐 그냥 그 등소평 선생 얼굴을 생각했다. 닷새마다 장이 서는 장터거리에 사셨는데 스물아홉 큰아들 하루아침에 보내고 예순도 안 되신 분이 더러 정신을 놓으시기도 하고 말씀도 느릿느릿 힘들어하시다가 결국 세상 버리셨다.

그런 어른이 장날이면 이른 시간부터 김칫독도 들여다보고 놋수저도 있는 대로 다 내어놓고 큰솥에 물도 펄펄 끓이셨다 한다. 1950년대 모두가 어렵게 살던 시절이라 시골장에 오는 부인네들은 몇십 리 길을 걸어서 왔고 점심이래야 기껏 보리밥 한 덩어리 보자기에 둘둘 말아오는 정도였다. 정오쯤 되면 할머니는 그분들 오시라 해서 대청마루 여기저기에 김치 그득 담은 그릇들 펼쳐놓고 펄펄 끓인 맹물에 수저 담그시고 들뜬 목소리로 “자, 백미탕이다 찬밥들 말아 드시게나” 하셨단다.

한바탕 따뜻한 물에 밥 말고 김치 찢어 배불린 부인네들이 마루에 퍼질러 앉아 “무슨 때기(댁)는 딸 시집 보낸답니더”, “누구 집은 살림이 폈심더, 논 샀다 캅디더”, 이 마을 저 동네 소식들 시끌벅적 떠들어대면 할머니는 마루 귀퉁이에 걸치고 앉으셔서 고개를 끄떡이기도 하고 간혹 소리 내어 웃기도 하시며 “아이구 고마버라, 저리 고마블 수가 있나” 손뼉까지 치시는가 하면 당사자가 그 자리에 있는 경우에는 손까지 덥석 잡으시고는 “내가 이리 고마블 수가 없네” 하시며 주객主客을 바꾸기까지 하셨다 한다.

그러면 그 모습을 옆에서 지켜보던 잘난 척하기 좋아하는 헛똑똑이 우리 누님이 가만히 있질 못하고 “할무이는예 와 남의 좋은 일에 ‘축하한다’ 그래 안 하시고 ‘고마버라’ 그라십니꺼? 그럴 때는 ‘축하한다’ 해야 맞습니더” 하면 그때 우리 할머니 한참을 손녀 얼굴 들여다보시다가 말씀하셨다. "그거는… 고마븐기다."

명절 때마다, 귀에 못이 박히도록 들었던 이 이야기의 의미를, 이제야, 이 나이에야 깨우친다. 우리 할머니처럼 살기는 쉬운 일이 아닌 듯하다.

뾸뚝 성질

나는 뿔뚝 성질이 좀 있다. 경상도 사람들이 대체로 좀 그렇다던가? 매사에 차근차근하지 못하고 울컥해서는 일을 그르치고 손해를 보는 경우가 많다. 내게 그 성질만 없었어도 지금보다 훨씬 나은 가수로 살고 있지 않을까 그런 생각도 있다. 그러니 열 살이나 아래인데도 내 아내는 노심초사 하루하루 물가에 애 풀어놓은 듯 걱정이 많다.

20년 전쯤인가, 어느 날 밤늦게 집에 들어가니 아내가 눈이 퉁퉁 부어 울고 있었다. 아내는 잘 울지 않는다. 한물간, 돈도 못 버는 가수를 만나 힘들게 연애하고 결혼하고 그 격랑의 시간 속에서도 눈물을 보인 적이 한 번도 없는 강한 사람이었다. 그래서 이거 일이 벌어져도 큰일이 터졌구나 싶어 달래가며 얘길 들어보니 아니나 다를까 청천벽력. 아내 가슴 양쪽에서 암이 발견됐다는 거다. 유방암. 그냥 남들 얘기로 멀게만 느꼈던 그 단어가 우리 집에도 뚝 떨어지다니.

병원에서는 하루라도 빨리 수술을 해야 안전하다

고 했다며 나에게 매달려 한없이 울기만 했다. 그때 나는 아무런 위로도 해주지 못하고 멍하니 바닥만 쳐다보고 있었으니…. 그 무력감이라니. 그렇게 악몽 같은 밤을 보내고 다음 날은 취소할 수 없는 공연들이 있어 어쩔 수 없이 제정신이 아닌 상태로 며칠을 보낸 뒤 아내와 같이 그 모 대학병원엘 갔다. 그런데 처음 만난 아주 차가운 표정의 담당 여의사님께서는 "한시가 급한데 빨리 와서 수술 날짜 잡지 않고 뭐했냐"라며 조금 기분 나쁜 모욕적인 어투로 화를 내시는 게 아닌가. 그래서 급한 일들이 있어 그렇게 됐다고 사과를 했더니 짜증 섞인 목소리로 빨리 수술 날짜를 잡으라는 거다.

그런데 아무리 시급한 상황이어도, 가족에게 환자의 현재 상태와 수술에 대한 설명을 어느 정도는 해준 다음에 수술에 대한 의논을 해야 하는 게 아닌가 하는 생각도 했지만, 아내의 목숨이 걸린 일이라 거기까지는 그런대로 참아넘겼다. 그런데 이 의사 선생님, 겁에 질린 아내의 몇 가지 조심스런 질문에 대답하시는 모습도 영~ '나이스'하지가 않으신 거다. 안 그래도 몇 번의 고비를 겨우 넘기고 있던 나의 뿔뚝 성질은 드디어 그 어느 대목에서 참아내지 못하고 폭발하고 말았으니…. 내가 그때 의사 선생님께 뭐라고 격한 말을 했는지는 기억이 안 나지만 당황한 표정의 아내의 손을 잡아끌고 영화 〈졸업〉에서 마지막 장면의 더스틴 호프만처럼 그 병원을 뛰쳐나와 버렸다.

차 안에서, 다시 돌아가 사과드리고 빨리 수술 날짜 잡자고 울며 애원하는 아내를 태우고 무조건 찾아갔던 모 대학병원. 어느 선배의 소개로 만났던 김모 교수님. 아내의 X-레이 사진을 보시며 몇 번이나 고개를 갸우뚱거리시더니 간호사분에게 주사기를 가져오게 해서 아내의 환부에서 뭔가를 뽑아내어 검사를 하고는 웃으며 "다행이네요, 암이 아닙니다" 하시는 게 아닌가. 그 기적의 말씀. 믿어지지 않는 그 순간, 그 감동의 순간에 나는 다리에 힘이 빠져 서 있을 수가 없었고 아내는 손으로 얼굴을 감싸고 소리 없이 울기만 했다. 유도乳道가 막혀 굳어서 나타난 현상이라고 몇 번이나 확인받고 인사를 제대로 드렸는지도 모른 채, 밖으로 나와서도 넋이 나간 채 한참을 차 안에 앉아있었다. 며칠 동안 우리 집안을 완전히 절망의 구렁에 몰아넣었던 그 사건은 그렇게 거짓말처럼 해피엔딩으로 끝이 나버린 거다. 그리고 당장 그 병원으로 가서 오진으로 인한, 우리 가족들이 정말 억울하게 입은 정신적, 물질적 피해에 대한 사과와 보상을 받아야겠다는 나의 분노도 "당신 직업"을 생각해서 그냥 참으라는 아내의 만류에 꺾이고 말았고.

요즈음도 자주 그 병원 앞을 지나다닌다. 그럴 때마다 그때 그냥 그 의사 선생님의 말씀대로 수술을 했더라면 어떻게 됐을까 하는 섬뜩한 생각이 든다. 아내는 의기소침해서 좌절의 날들을 보내고 있을 테고 그 병원에선 성공한 유방암 수술의 케이스로 기록되어 있을 테고. 세상 참….

그래서 나는 오늘까지도 아내에게서 공식적으로 인정받은 빛나는 뿔뚝 성질 그대로 살고 있다. 그리고 앞으로도 이 뿔뚝 성질을 고칠 생각은 없다. 나의 뿔뚝 성질은 사랑하는 아내의 이쁜 두 가슴을 지켜 냈고… 40여 년 동안 최고는 아니었지만 그런대로 그럭저럭 괜찮은 가수로 잘 살고 있으니 이 또한 다행하고 멋진 일이 아닌가?

손익 계산

나이를 한 살 더 먹는 이맘때쯤엔 대부분의 사람들이 지난 일 년을 돌아보며 한두 가지씩은 반성을 하게 된다. 올해 내가 무엇을 얻고 무엇을 잃었을까 정도의 손익계산은 누구나 할 것이다. 만약에 조금도 반성할 게 없는 사람이라면 그 사람은 매우 잘 산 사람이 되겠다. 직장에서는 별 변함이 없고 집에 가보면 아내도 그대로 집에 있고 아이의 성적은 신통찮아도 건강하고, 그렇게 큰 변동 없이 살아왔다는 게 얼마나 다행인지는 이 커다란 도시의 한복판에서 길을 잃고 헤매어본 사람들은 알 것이다.

내가 가수라는 직업으로 살아온 지도 무명시절까지 합치면 벌써 40년이다. 이 불합리하고 불안한 직업으로 내가 늘 피해자라는 의식을 가지고 살아왔다. 은근히 뒤돌아서 하는 손가락질들, 열심히 땀 흘리며 노래 부르고 있어도 떠들고 무시하는 사람들, 나를 약간 낮춰봐야 자신이 더 높아 보인다고 생각하는 사람들, 그런 사람들 속에서 그런 피해의식으로 그럭저럭 살고 있다고 생각했다. 그러나 일주일에 한 번 이렇게 짧은 글이나마 글을 쓰기 시작하면서, 나름대로 자신의 모습을 돌아볼 기회가 생겼다. 혹시 나도 그 사람들과 똑같은 모습은 아닌지, 남들이 열심히 이뤄놓은 성과를, 칭찬보다는 흠을 찾고 흉을 보진 않았는지, 나에게 진심으로 보내준 관심을 의심하고 밀쳐버리진 않았는지, 내 말 한마디, 글 한 구절에 누군가가 상처를 받고 아파하진 않았는지 돌아보게 된다.

계산을 해보면 잘한 일보다 못한 일이 훨씬 더 많고, 고개를 들 수 없는 일도 수없이 많았다. 그래도 이만큼 살게 해준 세상의 인심에 감사한다. 어제 보았던 사람들을 오늘 다시 볼 수 있다는 것, 먹고 살기 위해 나갈 곳이 있다는 것, 아주 조금씩 변화하는 삶이 얼마나 소중한지 해를 보내는 이맘때쯤엔 느끼게 된다. 그래 어쩌면 나의 올해 손익 계산서는 흑자일 것 같다.

—

살아오며 수많은 타협을 했다.

그러나 내 일에서만큼은 그런 기억이 없다.

나는 매니저 없이 일을 한다.

그래서 힘들 때도 많지만 일에서만큼은

오롯이 내 고집대로 당당하게 일을 할 수가 있었다.

사랑하고 이해하지만 쉽게 타협하지 않는 어른.

지금 가수로서 내가 원하는 모습이다.

계획대로 되어가고 있다.

최백호 산문집

—

삶이란, 그저 생명 유지를 위한

끊임없는 시련의 노동이라는 것.

이것이 나의 기본적인 삶에 대한 시각이다.

그러나 인간은 그 고통을 극복하기 위해

음악, 미술, 문학, 스포츠를 창조했고

그리고 그 끝에 사랑이라는

최고의 묘약을 만들었다.

살아가는 동안 시련에 부딪혀도 이겨내는 일.

음악과 미술과 문학 그리고 사랑이었다.

너에게
미치도록
걷다

나는 무신론자다. 그래서 그런지 지금까지 신을 만난 적이 한 번도 없고 설혹 신이 있다고 하더라도 그에 기대어 살고 싶지는 않다. 그냥 지금까지 내게 주어진, 가진 것만으로도 충분하다. 충분히 행복하다. 그 행복은 친구인 작가 박인식의 《너에게 미치도록 걷다》를 읽고는 더욱 견고해진다.

"부처가 죽었다. 제자들이 구슬피 울었다. 어미 잃은 새들 같았다. 그러자 죽은 부처는 두 발을 관 바깥으로 내밀어 보였다. 맨발이었다"라고 시작하는 이 책은 여기까지만 읽으면 된다. 이미 결론을 첫머리에 제시해놨기 때문에 더 읽을 필요가 없다. 다만 작가가, 부처와 함께 걸었던 그 멀고도 험한 절실한 고행의 이야기들은 책을 거기서 덮을 수 없게 만든다. 책을 들고 낄낄거리게 만드는 네팔의 "카트만두 공항" 이야기나, 중간중간 심심찮게 등장하는 여인들과의 묘하고 달콤한 사건들은 딱딱하고 지루할 수도 있는 주제를 편안(?)하게 받아들이게 한다.

그런데 작가는 이 책에서 부처님이 엄청난 초능력의 존재가 아님을 밝혀낸다. 우리가 아무리 절에 가서 두 손을 비비며 빌고 빌어도 부처님께서는 속세의 일들에 관심이 없으심을 깨우치게 한다. 그래서 나는 이 책을 읽으며 너무도, 당연히도 인간적인 부처의 모습에서 연민을 느끼었고 그 사람에 빠져들게 되었다. 밤새도록 술을 나누며 이런저런 세상 이야기 나누고 싶은 그런 외롭고 따뜻한 친구의 모습을 보게 되었다.

그래도 나는 아직 무신론자다. 앞으로도 특별한 사건이나 어떤 신비한 현상을 경험하기 전까지는 신의 존재를 믿지 않을 거다. 그리고 또 간혹 이런 엉뚱한 생각을 하기도 한다. 어쩌면, 혹시, 정말 죄송스럽지만, 우리 인간이 신神이 아닐까? 우리는 지금 너무 멀리서 신을 찾고 있는 건 아닐까? 부처도 예수도 마호메트도 인간에서 시작했으니. 이 시대의 인류는 이제 거의 신의 경지를 이루고 있지 않은가? 만화를 너무 많이 봐서 그런가?

만화

나는 지금 이 나이에도 만화를 참 좋아한다. 나의 책장엔 음악 서적보다 만화가 훨씬 많다. 요즘도 한 달에 서너 번은 홍대 앞의 만화 도매상에 가기도 한다. 그리고 단행본보다는 연재물을 좋아한다. 소년 시절 다음 편을 기다리며 한없이 펼치던 상상의 나래들, 그 시간이 나는 즐겁고 행복했다. 어쩌면 그 덕분에 이렇게 곡을 만들고 노랫말이라도 쓰며 먹고살고 있는 게 아닌가 하는 생각도 해본다.

중학교 2학년 땐가 만화방에서 옆자리의 친구 녀석이 보고 있는 걸 넘겨보다 《도전자》를 처음 만났다. 1편은 아니었고 3편 정도였던 걸로 기억하는데 '야 이거 뭐야' 하며 바로 1, 2편을 찾아보고는 그 세련되고 강렬한 터치의 미술과 스토리에 빠져들었다. 학교 가는 길에 있던 그 만화방엔 유리창에 고무줄로 신간들을 죽 걸어뒀는데 《도전자》가 걸려 있는 날이면 하루 종일 선생님 말씀이 귀에 들어오지 않고 수업 시간 내내 둥둥 떠다녔다. 어느 날 등굣길엔, 도저히 그 유혹을 견디지 못하고 '에라 모르겠다' 하고 만화방 문을 열고 들어가 후다닥 보고는 지각을 하기도 했다. 그때 그야말로 이유 없는 반항심으로 꽁꽁 뭉쳐 있던 나는, 주인공 훈이의 모습에서 공감을 얻고 위로를 받았다. 그날 이후 내 친구들은 '오동추', '고구마' 등으로 불렸고 (본인들은 인정하지 않았지만) 내가 맘에 두었던 여자아이에게서 '미미'의 모습을 찾기도 했다.

그리고 나는 지금 박기정 선생님의 팬클럽 회원이다. 처음 선생님을 뵀을 때 내 마음속을 교차하던 그 만감의 이야기들…. 아~ 그날 그 《도전자》를 만나지 않았다면 지금쯤 이놈의 직업이 아닌 최소한 판검사는 되어있을 텐데…. 그건 선생님 책임이십니닷!

—

박기정 선생님께서 얼마 전에 돌아가셨다.

가서 뵙지 못했다. 그때 몸이 너무 아팠다.

강부자
선생님

선생님은 노래 부르기를 참 좋아하신다. 버릇없는 말씀이지만 노래의 맛을 아신다. 나하고의 개인적인 인연이래야 진행하시던 라디오 프로에 몇 번 출연하여 뵈었던, 방송하는 사람들의 보통의 인연 정도였다. 그런데 88년인가 89년인가, 가수 시작하고 거의 10여 년 만에 첫 콘서트를 했을 때 한참을 노래하고 있는 중에 저기 객석 뒤편에 아주 낯익은 얼굴한 분이 희끗희끗 보여 자세히 보니 선생님이셨다.

그 순간 아~ 저분이 왜 여기 오셨을까? 설마 일부러 내 콘서트에 오신 건 아닐 테고 극장에 일이 있어 지나시다 들리셨나 보다 하고 그래도 약간 긴장된 기분으로 노래를 했다. 공연 마치고 인사를 드렸더니 일부러 친구분들과 티켓 사서 오셨다고 하신다. 그렇게 황송한 인연이 되었다.

그 뒤로 나는 공연이 있을 때마다 연락을 드렸고, 선생님은 내가 깜박하고 연락 못 드려도 빠짐없이 공연장엘 오셨다. 내가 성격이 다정하질 못해서 자주 연락드리고 찾아뵙고 하질 못하는데 그래서 항상 죄송한데도 만나 뵈면 아무런 변함없이 반갑게 대해주신다. 속으로 삭이셨으리라 생각한다.

선생님은 엉뚱하게도 축구를 참 좋아하신다. 30년 가까이 축구를 해온 나보다 축구에 대한 정보가 풍부하시다. 농담이 아니고 방송에서 축구 해설을 하셔도 될 만큼 박식하시다. 아마 이묵원 선생님께서 연예인 축구를 하실 때 취미를 가지셨는지 모르지만. 요즈음 TV에 여성 예능인들 축구하는 걸 보면 선생님을 해설자로 모시면 좋을 건데라는 생각도 든다.

또 눈물이 많으신 분이다. 그래서 노래 부르기를 좋아하신다. 그래서 내가 곡을 하나 써서 드렸다. 〈나이 더 들면〉이라고 싱글 앨범을 냈는데 크게 반응을 얻지 못하고 있다. 그게 너무 죄송하다. 다음에는 좀 더 히트할 수 있는 좋은 노래를 드려야겠다. 오래오래 건강하셔서 히트곡 하나 내주셨으면 좋겠다.

—

외롭고 힘이 들 때면 노래를 했다.

눈시울이 젖은 채 노래를 불러본 적이 있는가.

"인생은 나그네 길~"

흥얼거리다 보면 참았던 눈물들이 쏟아져내린다.

그리고 금세 말라버린다.

노래의 마력이다.

가수
정미조

〈개여울〉의 가수 정미조 씨가 돌아왔다. 화가로서가 아니고 가수로, 손에는 아련하고 달콤한 앨범을 한 장 들고서. 43년 전 그가 인기니 뭐니 돌아보지 않고 파리로 훌훌 떠났을 때 그의 노래를 가슴에 담았던 사람들은 어쩌면 한편의 서운함을 느끼기도 했을 것이다. 사실 세상 어떤 일이든 그것이 정상에 있을 때 내려놓는다는 건 참으로 어려운 결단 아닌가. 그것도 매일 매 순간 직접 피부에 와닿는 인기라는 묘약의 황홀한 유혹을 미련 없이 던져버리고 또 다른 꿈을 찾아 미지의 세계로 떠날 수 있다는 건 보통의 배짱으로는 힘든 일이다. 그 후 13년 만에 귀국하고 화가로서 활동하는 소식은 간간이 들려왔지만 다시 노래를 한다는 얘기는 없어서 오랫동안 노래를 하지 않아 이젠 목소리를 잃었나 보다 짐작을 했었다.

나는 개인적으로도 그렇고 가수로도 정미조 씨와는 친분이 없었다. 내가 새까만 신인 가수였던 그때는 '신분의 격차'가 컸었고, 그리고 얼마지않아 그분은 프랑스로 떠났기 때문에 교류의 기회가 없었다. 그런데 몇 년 전 우연한 기회에 내가 진행하는 라디오에 모시고 노래를 듣게 됐는데 약간의 우려 속에(보통의 경우 변해버린 노래에 실망하고 마음 아파하게 되니까) 음악 반주가 나오고 헤드폰으로 정미조 씨의 첫 목소리가 전해졌을 때, 그 미세하고 수줍은 비브라토의 감동은 지금도 기억이 난다. 예전 〈개여울〉, 〈휘파람을 부세요〉 등에서 우리가 즐겼던 따사로운 봄 햇살 같은 잔물결에 세월이란 향이 가미된 숙성된 와인의 느낌이랄까…. 수십 년 동안 노래를 하지 않은 사람의 목소리라고 믿어지지 않는, 요즘 인기 있고 노래 잘하는 젊은 여자 가수들도 아직은 흉내 낼 수 없는 격조 높은 음악音樂이었다. 그날 정미조 씨의 노래에 감동한 PD는 그 방송을 CD로 만들어 아직도 즐겨듣는다고 한다.

그렇게 정미조 씨는 다시 가수가 되었다. 어느 자리에서 '최백호'의 권유로 다시 노래를 하게 됐다고 했다지만 내가 아니어도 다른 누군가가 탐을 냈을 만치 그는 아름다운 노래를 가졌다. 새 앨범의 〈귀로〉는 요즘 나의 애청곡이다. "먼 길을 돌아 다시 처음의 자리로 돌아온 담벼락에 기대어 울던 아이"는 어쩌면 정미조 씨 자신의 이야기인 듯 가사와 멜로디, 가수의 목소리가 잘 맞아떨어진, 훗날 나도 한번 불러 보고 싶을 정도로 탐나는 명곡이다.

사람은 변한다. 세월이란 이 몹쓸 것은 안타깝게도 사람을 변하게 만든다. 그러나 다행인 것은 어떻게 변하느냐 하는 권리는 우리에게 주어진 것 같다. 그 권리를 잘못 가지고 추하게 나이 드는 사람들이 많아지는 세상이다. 정미조 씨가 새로 음반을 내고 공연을 하고 방송도 하며 즐거워하는 천진한 모습이 보기가 좋다. 지금 모습 그대로 오래오래 후배들에게 모범이 되는 품위의 노래와 시절을 즐기시길 바란다.

가능할 거 같다. 멋지게 늙는 거.

박정자
선생님

내 노래를 나보다 잘 부르는 사람은 불편하다.

박정자 선생님이 그렇다. 오래전에 명동 어디선가 콘서트를 하신다고 그 공연 기획했던 분이 초대를 해줘서 갔는데 공연 초반에 내 노래 〈내 마음 갈 곳을 잃어〉를 부르셨다. 그런데 첫마디 "가을엔 떠나지 말아요"를 듣는 순간 가슴이 퉁! 하고 내려앉았다. 나와는 완전히 다른 방법으로 소리를 내신다. 노래를 한 편의 드라마로 엮어버리신다. 절대 과장이 아니다. 혹시 믿기지 않으신 분은 기회가 되면 박정자 선생님 콘서트에 가보시라.

그 후에 〈낭만에 대하여〉가 나오고 선생님이 연락을 하셨다. 〈낭만에 대하여〉를 부르고 싶은데 반주 CD를 만들어줄 수 있느냐는 전화였다. 그렇게 그 노래도 빼앗아가셨다.

—

가수는 음색이 중요하다.

요즘 젊은 가수들은 가창력은 물론이고, 정말 노래를 잘한다.

과거에 비해 체계적인 훈련을 받아서 레벨 업이 됐다.

그런데 너무 잘해서 매력이 없다.

정미조, 나훈아, 조용필, 송창식 등의 목소리는

들으면 누군지 알 수 있다.

그래서 나는 노래하는 젊은이들한테

가창은 학교에서 배우지 말라고 한다.

그러면 그 교수가 가르친 것밖에 하지 못한다.

호흡도 똑같아진다.

—

새로운 날들에 대한 기대감이

나이 들어감에 대한 개념을 바꾼다.

내가 마지막으로 부를 노래는 무엇일까.

그 새로운 기대감이 나를 변화하게 만든다.

그것이 나의 늙어감이다.

은인(恩人)

우리는 살면서 많은 은혜를 받으며 살고 있다. 종교적인 측면뿐이 아니고 하루, 하루. 시간, 시간을 크게는 자연의 은혜, 그리고 당연히 부모님, 가까이는 매일 만나는 사람들에게서도 조금씩, 혹은 큰 은혜를 받아가며 살아가고 있다. 그래서 그 수많은 인연에 항상 감사하며 살아가려고 노력한다.

1990년도 초반, 마흔 살 조바심의 나이에 더 이상 히트곡이 발생할 가능성도 희망도 없던 시절에 그냥저냥 이곳저곳의 술집에서 노래나 불러주며 살던 나에게 가깝게 지내던 박모 사장이란 분이 귀가 번쩍 트이는 제안을 해왔다. 자기가 미국으로 이민을 가게 되었는데 L.A에다 라디오 방송국을 하나 차리려 하니 같이 가서 일을 해보겠느냐는 이야기였다. 안 그래도 이 지들지들한 일상에서 벗어날 묘법이 뭐가 없나 하고 머리를 굴리고 있던 차에 이게 웬 하늘의 뜻인가 하고 몇 푼 안 되는 재산 정리해서 아내와 다섯 살짜리 딸아이 데리고 훌쩍 그야말로 아메리칸 드림을 쫓아 떠나버렸다. 참으로 무모하고 어리석은 결정이었다.

그런데 그렇게 정신없이 L.A에 도착해 친하게 지내던 고향 후배를 따라(이민을 가면 공항 마중 나온 사람의 직업을 따라간다는 우스개가 있다) 그 친구가 살고 있던 L.A 시내에서 1시간 반가량 떨어진 랭캐스타란 시골구석으로 가서 집을 얻었다(두 번째 참으로 어리석은 생각이었다). 얼마 뒤 박 사장님을 만나러 L.A로 나가보니 엉뚱한 상황이 하나 기다리고 있었다. 그 박 사장님에게 또 한 분의 사업 파트너가 있었는데, 그분의 성함을 여기다 밝힐 필요는 없지만 한국에서 너무나 유명한 방송인이었고(라디오 코리아의 가수 이장희 선배는 아니라는 점을 미리 밝힙니다) 그때 아마 여러 가지 복잡한 사정으로 미국으로 와 계셨는데, 그분과 동업으로 일을 시작하게 되었다는 이야기였다. 그런데 사실 그분과 나는 조금 복잡한 출연료 문제가 있었고 그분은 그 문제를 해결하지 않고 미국으로 떠난 상황이었기 때문에 갑자기 나타난 나라는 존재가 조금 불편했던 거 같고 나 역시도 좀 그랬지만 어쩌겠는가. 멀리 이국 땅까지 와서 돈 몇 푼에 뭐랄 수도 없고….

어쨌든 그렇게 저렇게 방송국 문을 열기 위해 모두 열심히 뛰어다녔다. 박 사장님은 자금 운용을, 그분은 방송 편성을 책임지기로 되어있었는데 드디어 방송이 시작되기 일주일 전 그분이 방송 편성안을 발표했다. 정말 놀라웠던 건 내가 오전 11시 50분에서 12시까지 10분 동안만 진행을 하도록 결정이 되어있었다. 그것도 광고주들(주로 식당 사장님이나 자동차 바디샵 사장님들)을 모셔서 가게 광고를 하는, 그런 내용의 진행을 하라는 거였다. 그냥 한마디로 나가라는 아주 모욕적인 시도였다. 그때 박 사장님도 엄청 화를 내었지만 계약상 편성에 간여할 수는 없는 상황이었고 주변의 다른 직원들도 어이없어 했었다. 그런데 그분의 결정적인 실수는 나를, 이 최백호를 몰라도 한참을 몰랐다는 거였다. 내가 어떻게 세상을 살아왔고 어떻게 그곳까지 갈 수 있었는지를 짐작도 못 했고 너무도 만만하게 생각했다는 거였다.

그때 나는 얼굴색 하나 전혀 변하지 않고 그 10분

짜리 방송을 시작했고 광고 빼고 나면 7분 정도의 방송시간에 노래 한 곡까지 선곡해 넣었다. 그러면 하루에 3분 남짓의 방송을 하는 셈이었으니 월급은 한국에서 미리 정해서 나름대로 괜찮은 수준이었고 나는 그 하루 3분의 방송이 너무 즐겁고 신이 났으니, 그분으로선 분통이 터질 노릇이었고 상황은 완전히 역전되어 버렸다. 그러니 그 방송국이 제대로 돌아갔겠는가?

그때 마침 골프를 배웠다. 우리 돈 만 원(15불)만 내면 5시간을 운동도 하고 즐길 수 있었으니 나는 골프에 빠져들었고 방송이 12시에 끝나면 골프장 여기저기서 나를 찾는 전화가 빗발쳤으니 그저 신나는 하루하루였다. 그렇게 2개월 정도를 보내니, 교민들의 항의도 ―그래도 한국에서 나름 히트곡도 있는 가수를 10분짜리 방송을 시킨다는― 있었고 어쩔 수 없었는지 10시부터 진행하던 박인희 씨 프로그램에 11시부터 같이 진행을 하게 했다. 그러나 나는 이미 그 방송국에 마음이 떠나 있었고 다른 계획을 세우고 있었다.

그 후로도 참으로 말하기 유치하고 민망한 그분의 괴롭힘이 있었고 그렇게 힘들어하고 있을 그때 신혼여행으로 찾아왔던 배철수 씨의 강력한 말 한마디. "형! 도대체 여기서 뭐 하는 거요. 빨리 한국 가서 노래해요!" 사실 나는 그때까지 다시 한국으로 돌아간다는 생각은 한 번도 하지 않았다. 이미 2년이나 떠나있었는데 다시 간다고 될까? 다시 노래할 수 있을까? 그런데 묘한 건 그때 그 어느 순간에선가 내 가슴 한 곳에서 노래에 대한 욕구가 스멀거리며 피어오르기 시작했다는 거였다. 친한 선배 친구들이 가자고 해도 절대 가지 않았던 노래방엘 가서 어울려 목놓아 노래를 부르기 시작했다.

그렇게 2년 만에 다시 돌아왔다. 처음엔 여러 가지 힘든 일도 있었지만 여러 사람이 반갑게 맞아주었다. 악몽 같았던 L.A의 기억들도 희미해질 무렵 그 방송국이 문을 닫았다는 소문이 들려왔고, 어느 날 여의도 MBC 방송국의 엘리베이터 안에서 우연히 그분을 만났다. 그런데 그 순간 그분은 소름 끼치게도 내게 정중히 고개 숙여서 절을 하는 게 아닌

가. 그 먼 땅에서 내 가족의 생사가 걸려 있던 그 상황에서 나를 그렇게도 괴롭혔던 그분의 그런 모습을 보자 나는 글로 표현할 수 없는 정도로 소리를 질렀다. 그분의 굳어졌던 표정이 아직도 기억난다.

그 뒤에 나는 〈낭만에 대하여〉란 노래를 만들었고 마흔여섯의 나이에 기대할 수 없던 히트를 쳤다. 그렇게 엄청 바삐 지내고 있던 즈음 그분의 부음을 들었다. 참으로 묘한 기분과 함께 생각에 젖어있던 그 순간 나의 뇌리를 치는 깨우침! 아~ 어쩌면 그분은 나의 은인이었구나! 그분이 아니었다면 나는 지금도 미국의 평범한 교민으로 살아가고 있을 거고 〈낭만에 대하여〉도, 지금의 나도 있을 수 없었겠구나. 세상사에, 인간사의 오묘함에 온몸에 전율을 느꼈던 그 순간을 잊지 못한다.

그리고 그분의 영전에 좋은 조화를 보냈다.

—

나에게 다가오는 세상 모든 일들을

객관적으로 바라보고 받아들이는 희한한 능력이 있다.

그래서 상처를 덜 받는 편이다.

살아오면서 힘든 시간을 그렇게 극복했다.

Beck Ho

Your captain go die

1979년 6월쯤인가 우리나라 굴지의 모 신문사 부장님에게서 전화가 왔다. 10월에 미국의 8개 도시 교포 위문공연을 가는데 같이 가겠느냐는 전화였다. 당시 나는 세 번째 앨범 〈영일만 친구〉를 내놨는데 반응도 신통찮고 해서 소침해져 있는 터였는데 이게 웬 떡이냐. 미국이라니, 아시겠지만 그 시절에는 해외여행 한번 가려면 상당히 엄격하고 복잡한 과정을 거쳐야 했고 나 같은 신인가수에게는 기회도 잘 없었기 때문에 언감생심 꿈도 꾸지 못했는데 특히 미국의 8개 도시에서 —그것도 뉴욕, 샌프란시스코, L.A, 시카고, 시애틀 등 영화에서만 봐왔던 도시들— 공연을 한다는 건 정말 허벅지를 몇 번 꼬집어봐도 믿어지지 않는 사건이었다.

당연히 나는 두말 안 하고 승낙했고 그 뒤로 몇 달간 여권 발급, 반공교육 등 복잡한 과정을 거쳐 드디어 10월 초 대망의 '미국 교민 위문공연'을 떠나게 되었다. 공항에서 만난 일행들은 얼마 전 돌아가신 MC 허참 씨 그리고 훗날 축구선수 허정무 씨의 부인이 될 최미나 씨 가수 조미미 씨 박경희 씨 장은숙 씨 그리고 주최한 신문사의 부장님과 작은 키에 예사롭지 않은 날카로운 눈빛의 사십 대 초반 남자 한 분이었다.

비행기가 출발하고 모두들 약간 들뜬 마음으로 얘기들을 나누기도 하고 비행기 후미 부분의 끽연석에서 담배도 한 대씩 피워가며 —그야말로 호랑이 담배 피우던 시절이었다— 즐거운 시간을 보내고 드디어 뉴욕의 케네디 공항에 발을 디뎠을 때. 지금이야 인천이나 케네디나 비슷한 풍경이지만, 그 이색적인 선진문화의 풍경들에 나는 완전히 매료되어 넋을 잃어버렸다. 미국이라니, 그것도 뉴~욕이라니.

그런데, 밤늦게 환영 나와준 교민들의 차를 얻어타고 도착한 맨해튼의 '大, 대한민국 교민 위문공연단'의 숙소 몰골이 어째 분위기가 좋지 않았다. 건물 주변엔 온통 흑인만이 —인종차별의 의미가 절대 아니다— 드럼통에 불을 피운 채 서서 떠들고 있었고 한국에서는 들을 수 없었던 강한 사이렌 소리와 간혹 멀리서 들려오는 총소리, 그리고 호텔 방의 낡은 시설과 묘하고 짙은 스멜?smell은 숨을 쉬기가 어려울 지경이었으니 참다못한 나와 일행은 그 신문사(사명社名은 밝힐 수 없으나 신문과 TV, 라디오 방송국까지 가진 지금도 한국의 막강한) 뉴욕 지사장에게 강력하게 항의를 했다. "지금은 늦어 어쩔 수 없으니 내일 꼭 더 나은 곳으로 옮겨드리겠다"는 약속을 받고 나서 긴 여로의 피곤함으로 악취와 공포도 잊은 채 깊은 잠에 빠져들었다.

다음 날 눈을 뜬 할렘가의 아침 풍광은 오히려 호기심으로 흥미로웠다. 낡고 허물어진 건물들은 되려 이색적인 빛깔의 그림으로 다가왔고. 전날 밤엔 약간의 두려움마저 느꼈던 덩치 큰 호텔 종업원의 모습도, 그들의 형식적인 굿모닝 소리에 다정함이 느껴졌고, 그렇게 하나하나 찬찬히 주변을 돌아보며 서서히 아메리카에 적응해갔다.

아침 식사를 하러 갔던 한국 식당에서 그때까지도 코끝에 남아있던 호텔 방 향기의 여운과 약간의 버터 향이 나는 변형된 한국 음식을 참아가며 식사를 하던 중, 일행 중 날카로운 눈빛의 그 남자분이 조심스럽게 자신을 소개했다. 아니나 다를까 그분은 당시 나는 새도 떨어트린다는 중앙정보부의 과장인가 하는 직책을 가지신 분이었다. 왜 교민 위문공연에 중앙정보부가? 하는 의문이 들었지만 아이고 나하고 관계없다! 하고 금세 잊어버렸는데 문제는 사건이 관계가 있는 쪽으로 흘러가기 시작을 했으니.

우선 그 과장님은 우리에게 행동지침 명령을 엄격한 표정으로 내리시면서 ―정말 그때 그분의 표정은 싸늘했다― 밤 아홉 시 이후 외출 금지, 친인척이 아닌 교포 접촉 시 꼭 자신에게 보고할 것, 그리고 지나친 쇼핑은 하지 말 것 등이었다. 아니 그렇다면! 안 그래도 이곳에 이민 와서 살고 있던 선후배 친구들 연락처도 잔뜩 가지고 왔는데 그 사람들은 힘들게 살던 내가 그래도 나름 가수가 되어 머나먼 이 미국까지 왔다고 오랜만에 만나서 회포를 풀 기대를 하고 있을 텐데. 아니 그리고 이 멋진 나라의 소문으로만 듣던 황홀한 밤 문화도 —뮤지컬 등— 즐기지 말라는 말인가? 그리고 한국에서는 구할 수 없었던 멋진 무대의상을 잔뜩 마련하려는 기대에 차 있던 여성 연기자분들의 불만이 표정으로 드러났지만 —그때 그 여성 연예인들은 중정의 무서움을 잘 몰랐을 거다— 어떡하겠는가 다른 사람도 아닌 중앙정보부의 높은 분이 내리신 엄명인데….

그러나 우리가 누구인가? 반만년 역사 동안 음주가무를 즐겼던 민족의 후손들이 아닌가? 룸메이트였던 허참 씨와 나는 저녁 아홉 시 잠옷 착용까지 확인하는 '중정 점검'이 끝나면 간단하게(ㅋㅋ) 외출복으로 갈아입고 자유를 찾아 호텔 탈출을 감행하였으니. 우린 역시 반골 정신이 투철한 대한의 아들딸이었다.

뉴욕에서의 공연은 아주 성황리에 끝났고 솔직히 이미 40년이 넘은 일이라 뉴욕 다음으로 어느 도시로 갔는지는 일일이 기억이 안 난다. 그러나 아직도 휴스턴의 호텔 수영장에서 만났던 <벤허>의 대배우

찰턴 헤스턴. 애틀랜타에서 올라갔던 리 장군의 조각이 새겨진 세계에서 가장 큰 화강암 바위 스톤 마운틴, 샌프란시스코의 골든 게이트와 로댕의 생각하는 사람 조각상. 달라스, 시애틀, 시카고의 아름다운 풍광은 생에 잊을 수 없는 추억을 남겨주었다.

그런데 세상 돌아가는 상황을 바로 알 수 없었던 당시에는 한국의 소식을 들을 수가 없었다. 샌프란시스코의 공연이 끝나고 교포들의 입을 통해 전해 들은 한국의 정치 상황은 불안하고 심각하게 돌아가고 있었다. 부마항쟁과 강압적인 진압으로 민심이 움직이고 있었고 미국 교민의 분위기도 많이 흔들리고 있다는 것이 느껴졌다. 그 중정 과장도 심각성을 느꼈는지 불안해하는 모습을 보였고 우리를 대하는 태도도 많이 부드러워졌다. 사람은 어쩔 수 없는 것이 꽤 긴 시간을 함께 보내면 조금씩 정이 들기도 했고 그래서 그때는 이미 잠옷쇼는 하지도 않았으며 저녁 시간에는 모여서 간단하게 술 한잔을 나누기도 했다. 심지어 고스톱까지 즐기는 사이로 발전했으니. 그리고 마지막 공연지 L.A. 거기에서 내가 정말 좋아했던 당시 최고의 여배우 '정윤희' 씨가 공연에 합류했다.

세상에나 정윤희 씨와 같이 밥도 먹고 옆에서 움직이는 실물을 바라볼 수 있다니, 거기에다 이동 시에는 나와 같은 차를 타고 같이 이동하는 '2인 1조'의 같은 조가 되었으니. 정윤희 씨와 같이 갔던 유니버설 스튜디오, 왜 그때 사진 좀 많이 찍지 않았던지. 딱 한 장, 오직 둘이서만 찍은 초점 안 맞은 사진 한 장을 지금도 애지중지 간직하고 있다. 스물여덟 수줍던 총각의 그때 심정을 세상은 알까?

L.A에서의 공연 날이었다. 다른 일행들은 공연장으로 떠나고 나는 호텔 로비에서 정윤희 씨를 기다리고 있었는데 귀에 이어폰을 끼고 내 옆에 앉아있던 흑인 친구 하나가 "헤이 유 코리언?" 하고 물었다. 그래서 그렇다고 했더니 이 친구 엄지손가락을 아래로 내리며 "Your captain go die"라고 하는 게 아닌가. 그런데 그때 나는 그 말이 무슨 뜻인지 몰랐다. 아니 이 친구 나한테 무슨 캡틴이 있다고 뭔 말

을 하는 거야라고 생각했고 짧은 영어에, 대답도 못 하고 있었는데 마침 저기서 정윤희 씨가 한 마리 나비처럼 나풀나풀 달려와서 아이구 잘됐다 하고 같이 차를 타고 공연장으로 향했다.

그날 텅 빈 공연장에서 리허설을 하고 있었는데 관객 출입구 쪽으로 어떤 동양인 중년 남성 한 사람이 술을 먹었는지 약간 비틀거리며 들어왔다. 그런데 그 남자가 갑자기 두 팔을 들어 올리며 "만세! 박정희가 죽었다!"라고 소리치는 게 아닌가. 뭐? 뭐라구? 모두들 믿기지 않는 그 소리에 잠시 멍해져 있었는데, 순간 나의 뇌리를 치며 지나가는 그 흑인의 "캡틴!"의 의미! 앗! 이거 뭔 일이 벌어져도 큰일이 벌어졌구나. 나는 곧 그 중정 과장에게 그 흑인의 이야기를 했고 그 과장은 한국으로 어떻게 연락을 해봤는지, 얼마 뒤 모두들 모인 자리에서 심각한 표정으로 "몇 시간 전 한국에서 쿠데타가 있었고 대통령이 돌아가신 것 같다. 그래서 오늘 공연은 취소되었다"라고 발표를 하였다. 그 순간 우리는 먼 나라의 어두운 극장 대기실에서 그 엄청난 역사의 소용돌이 속에서 여자 출연자들의 울음 속에서 묘한 두려움으로 한참을 멍하니 앉아있었다. 그리고 호텔로 돌아가는 차 안에서 한없이 울고 있던 정윤희 씨의 영화 한 장면 같은 모습이 인상 깊게 기억에 남아있다.

그날 저녁 모두들 뒤숭숭한 마음으로 저녁 식사 겸해서 나갔던 한인타운은 완전히 축제 분위기였다. 그때는 교포들 중에 군사정권을 피해서 이민 온 분들이 많았고 그래서 많은 젊은이들이 거리에 나와 소리치며 몰려다녔다. 식당 안에도 "군사독재 종식" 등의 붉은 벽보가 붙어있어 우리는 불안한 식사를 하고 서둘러 호텔로 돌아오기도 했다. 그날 이후 중정의 그 과장님은 완전히 기가 죽어 우리 뒤를 쫄쫄 따라다녔으니 쿠데타의 주역이 중정 부장이라는 소문과 체포되었다는 뒤숭숭한 소식이 들려오니 얼마나 불안했을까.

허참 씨 박경희 씨 조미미 씨는 이젠 세상에 계시지 않지만 지금도 그날들의 기억은 낡은 필름 영화처럼 내게 남아있다. 얼마 전 우연히 길에서 정윤희 씨를 만나 반갑게 인사를 나눈 적이 있었다. 아직도 변함없이 아름다우신 모습은 나를 스물여덟 가슴 두근대던 풋총각 시절로 잠시 데려가기도 했었다. 그러나 영원할 것 같았던 권력도 세상 부러울 것 없던 그 젊음도 지나고 보니 모두 부질없는데, 부질없는데….

—

1977년 처음으로 TV 출연했던

TBC의 〈쇼쇼쇼〉 녹화가 지금도 기억에 남아있다.

그날 입고 나갈 양복이 없어

친구 양복을 빌려 입고 나갔는데

PD였던 조용호 씨가 바지도 길고 소매도 맞지 않는

내 모양을 보더니, 드럼통을 하나 가져오라고 해서

그 위에 웅크리고 앉아 노래하게 했다.

그 방송을 보신 분들이 꽤 많아서

어떤 분들은 그때 이야기를 하신다.

이제 그리운 날들이다.

잭 케루악
《길 위에서》

스물두세 살 때쯤, 내가 훗날 <영일만 친구>라고 노래했던, 당시 부산 영남 지방의 음악 감상실에서 인기 DJ로 이름을 날리던 시인이며 인테리어 디자이너였던 친구 홍수진이, 이름을 얻지 못해 힘들게 지내던 무명가수인 나에게 "이거 당신 좋아할 거야" 하며 책 한 권을 던져주었다. 잭 케루악이라는 미국의 작가가 쓴, 앞뒤의 많은 부분이 떨어져 나간 《노상에서on the road》라는 낡은 책이었다.

그날 나는 정말 알라딘의 마법처럼 그 책 속으로 빠져들었다. 그러고는 주인공의 이름이나 거기에 나오는 음악, 한 번도 가본 적이 없었던 미국 도시들의 풍광, 그리고 말로만 듣던 뚜껑 열리는 미제 자동차의 이름까지도 달달 외워버려 그 후 홍수진과 술을 마실 때마다 진지하고 의젓한 토론 상대가 되어 주기도 했다. 그때 홍수진과 내가 얼마나 심각하고 자연스럽게 미국 사회의 문제점들을 논의, 분석, 고민했었는지. 동석했던 여자아이들은 우리를 최소 몇 번은 미국을 다녀와본 멋쟁이들로 믿는 것 같았다. 그리고 그 책이 그렇게 낡아버렸던 건, 당시 정부에서 금서禁書로 지정해 놓아, 들고 다니기만 해도 끌려가는 바람에 은밀하게 손에서 손으로 옮겨 다녔기 때문이었던 것 같다. 그래서 나는 몇 년 전까지도 떨어져 나간 만큼의 그 책의 시작과 결말을 알지 못했다.

《노상에서》는 샐 파라다이스라는 젊은 작가가 딘 모리아티라는 괴짜 친구와 자동차 히치하이킹으로 미국 대륙을 여행한다. 이 여행은 술과 마약, 여자들이 함께한다. 이는 '비트'와 '히피'의 근원이 된 작가 잭 케루악의 경험담이다. 그 당시 억눌리고 살벌했던 세상 분위기 속에서 뭔가 새로운 탈출 거리가 필요했던 우리에게, 《노상에서》는 사막의 오아시스 같은 존재였다. 맘껏 자유를 누리는 미국의 젊은이들에 대한 부러움과 갈증으로 이 후진국 청춘들을 몸부림치게 만들었다.

그 책을 만난 이후 나는 더 이상 지방의 무명가수로 머물 수가 없었다. 나의 열정은 끊임없이 꿈틀거리며 터져 나와, 역마살을 자극했고, 어느 날 나는 무모하고 과감하게도 기타 하나만 달랑 들고 낯선 서울로 올라와 드디어는 내 이름을 가진 가수가 될 수 있었다.

그 《노상에서》를 몇 년 전 우연히 《길 위에서》라는 이름으로 다시 만났다. 거의 40년 만에, 그날 밤, 그 책을 읽으며 나는 흥분으로 잠을 이룰 수가 없었다. 찢겨나갔던 부분까지 채워 읽으며 방황하던 시절의 추억을 달콤하게 즐길 수 있었다. 그리고 이제 나는 새삼 이 나이에 다시 새롭고 멋진 긴 여행의 꿈을 계획하고 있다. 정말이다. 머지않아 이 무의미하고 지루한 일상을 벗어나 가슴 터질 듯한 환희의 오아시스를 찾아 힘차게 달려갈 것이다. '샐 파라다이스'처럼 '딘 모리아티'처럼, 그리고 이제는 이 세상에 없는 나의 '영일만 친구'처럼.

—

나는 대학을 가지 못했다.

그 대신 정말 많은 책을 읽었다.

그저 손에 잡히는 대로 보고 읽었다.

아침 식사 시간 전에

다섯 가지 종류의 신문을 읽었다.

만화, 잡지 등 어떤 글이든 가리지 않으며

문장을 습득했다.

지금까지 내가 읽은 그 책들이 나를 가르쳤다.

나의 훌륭한 스승들이다.

최백호 산문집

—

기형도 전집을 읽었다.

어떻게 이렇게 세상을 보는 눈이

나와 완전히 다를까?

외롭고 쓸쓸하고 달콤해.

무라카미 하루키의 《1Q84》를 읽다가는

화가 났다.

그 사람은 진실성, 진정성이 없다.

너무 완벽하게 딱 짜여졌다.

소설가의 진실을 나는 그렇게 가늠한다.

라이파이

어릴 적 고향 시골에는 책방이 없었다. 책이 참 귀했다. 책 읽기를 좋아했던 나는 어쩌다 책 한 권 생기면 만사 제쳐두고 덤벼들어 그날 끝까지 다 읽어버려야 했다. 《해저 2만 리》, 《소공녀》, 《소공자》 등, 그 신비하고 아름다운 이야기들은 나에게 두둥실 뭉게구름보다 더 큰 꿈들을 꾸게 해주었다. 그러던 초등 3학년 어느 날, 수업 시간에 짝꿍 녀석이 책상 아래 무릎에다 책을 하나 펼쳐놓고 선생님의 눈을 피해 읽고 있었는데, 잠깐씩 훔쳐보니 이게 장난이 아닌 거다. 수업이 끝나자마자 녀석에게서 뺏어본 그 책은 내게 너무도 큰 충격을 주었다. 《라이파이》.

태백산맥 어느 깊은 곳에 사람 얼굴 형태의 바위로 위장된 멋진 요새에서 제비양이라는 이쁜 파트너가 운전하는 제비호라는 제트 비행기를 타고 악의 무리 녹의 여왕을 때려 무찌르는 정의의 사자 '라이파이'. 제비양의 아버지였던 김 박사가 만들어준 첨단의 장비는 그 당시로는 상상도 할 수 없었던 삐삐나 레이저 총 등이었는데 그 엄청난 새로운 세계의 이야기들은, 나를 완전히 모험과 환상에 빠지게 만들어버렸다. 그날 이후 나는 태백산맥 어딘가에 숨어있을 라이파이를 찾아가 만나는 생각으로 하루를 보내는가 하면, 누나들의 지리책을 열심히 뒤져 태백산맥에 대한 연구를 하기도 했다. 그리고 라이파이를 직접 그리며 화가의 꿈을 가지기도 했다. 지금도 나는 그 라이파이를 눈 감고도 그릴 수 있다.

산호 선생님의 만화 《라이파이》는 내 삶에서 큰 의미를 가진다. 그 시절, 그 책과 함께했던 시간은 나의 성격 형성이나 행동거지에 많은 영향을 주었던 것 같다. 세상을 만화의 시각으로 볼 수 있는 능력. 그 행복한 능력은, 내가 노래를 만들고 노래를 부르게 해준다. 이 나이에도 그 시절과 다름없는 황당한 꿈을 매일 꾸게 해준다.

살펴보면 만화가 발달했던 나라는 문화적으로나 경제적으로 강대국이 되어있다. 미국이나 일본이 그 예이다. 만화를 보고 자란 아이들이 할리우드를 만들었고, 첨단의 자동차를 만들었고, 우주선을 만들고 있다. 근래 서울 시내 어딘가에 '재미로'라는 만화의 길을 만든다는 기사를 본 적이 있다. 어느 누구의 생각인지 모르지만 아마 그 발상자는 만화를 진심으로 사랑하지 않는 사람일 거다. 만화는 '재미'로만 접근하면 안 된다. 신중하고 심각하게 정책하고 다루어야 한다. 왜냐하면 그 만화들은 우리 아이들에게 세상을 가르치는 소중한 존재이기 때문에.

혹시 우리나라는 《라이파이》를 보지 않은 아이들이 만들어가고 있는 게 아닐까?

나가노 마모루
《파이브 스타 스토리》

나는 아직도 만화를 즐겨본다. 아니 그냥 즐겨보는 정도가 아니라 한 달에 몇 번 정도는 홍대 앞에 있는 단골 만화 도매점에 가서 신간들을 찾아 사보거나, 다 읽었던 것들도 다시 꺼내 읽기도 하는 진정한 만화광이다. 나는 그 시간이 참 따뜻하고 즐겁다. 행복하다. 주변에선 나이 든 사람이 뭔 만화를… 하곤 쳐다보기도 하지만, 나이가 좀 드니까 매사 이해하기 쉽고 단순한 것들이 좋아져서 시詩도, 복잡하고 머리 한참 굴려도 알아들을 수 없는 현대 시보다는 소월과 서정주 선생님의 글에서 새삼 더 감동받는다. 그렇다고 만화들이 단순하고 쉽기만 하다는 건 아니다. 요즘 많은 히트 영화의 원작이 만화고 그 짜임새나 전문성이 어지간한 소설 작품에 못지않은 게 현실 아닌가.

십몇 년 전 그날도 동네 책방에서 이런저런 만화를 뒤적이다가 왠지 느낌이 좋은 놈을 하나 발견하고는 서슴없이 비닐 커버를 벗기고 1권을 샀는데(요즘 책방의 만화책들은 래핑을 해놔서 표지의 그림만으로 그 내용을 판단해야 하는 고차원의 테크닉

이 필요하다) 이게 정말 완전 대박인 거다. 먼먼 훗날 그것도 몇천 년의 시공을 오가며 벌어지는 SF 류의 환상적인 이야기인데 그 당시 마니아들 사이엔 이미 성전聖典으로 자리 잡고 있는 명품이었던 거다. 나가노 마모루라는 일본 작가가 1986년에 어느 월간지에 연재를 시작해 이제까지 겨우 12권만 발표된, 마니아들을 속 터지게 하는 —10권에서 11권이 나오기까지 10년 넘게 걸렸다— 황당하고 기발한 아이디어들로 가득 찬 걸작 《파이브 스타 스토리》. 그런데 요즘 할리우드의 영화들을 볼 때마다, 특히 〈아바타〉를 보면 《파이브 스타 스토리》의 냄새가 많이 풍긴다.

먼 미래에 아니 어쩌면 태양계 생성 이전일지도 모르는 다섯 개의 별에서 벌어지는 초 인류의 투쟁과 기계와의 사랑 이야기. 그 스케일이 너무나 엄청나 지금까지 다섯 번이나 읽었는데도 전체적인 틀의 파악 정도에 머물고 있다. 모터헤드라는, 사람이 그 속에 들어가서 조종을 하는 로봇과 —요즘 미군들이 개발하고 있다는— 그 조종사를 보조하는 파티마라 불리는 인간의 차원을 넘어선 미모의 여성 로봇들의 이야기이다. 주인공 아마테라스는 신神에 가까운 존재로 라키시스라는 초능력을 가진 자신의 아름다운 파티마와 이야기를 이끌어나간다.

그런데 문제는 아직 종결되지 않은 이 만화가, 작가가 게으른 건지 아니면 너무 방대한 규모의 설정을 감당 못해서인지 최소한 3, 4년은 기다려야 다음 권을 볼 수 있다는 거다. 마지막 12권이 나온 지도 2년쯤 됐나? 그래서 이 사람은 뭘 먹고 사나 궁금할 때도 있지만 책방에 갈 때마다 혹시? 하고 그 코너를 곁눈질해 보는 그런 은근한 재미도 있다. 풍문에 의하면 대를 이어 집필하기 위해 자녀에게 그림을 가르치고 있다 한다. 흥미롭지 아니한가?

—

당시 어머님의 전근으로 전학 간 학교의 낯선 아이들에게,

라이파이를 그려주며 친해질 수가 있었다.

친화력으로서 최고의 수단이었다.

—

노래를 할 때의 나와, 그림을 그릴 때의 나는,

완전히 다른 사람이다.

노래는 음정, 가사, 박자, 밴드들과의 호흡 등,

극도의 긴장 상태인데,

그림은 완벽하게 자유로운 공간 속에서 움직인다.

둘 다 매력적인 특혜이다.

말로
《재즈싱잉의 비밀》

대중적으로 넓게 알려지진 않았으나 —본인이 그렇게 원하는 것 같지도 않고— 재즈에 관심 있는 분들에겐 특별히 사랑받는 재즈 싱어 '말로'의 책을 읽었다. 《재즈싱잉의 비밀》. 비밀을 밝혀버리면 이 사람 뭘 먹고살려고 이러나 하고 책을 펼쳤는데, 나처럼 정통으로 음악 공부를 하지 않고도 음악을 생업하고 있는 사람이나, 재즈에 관심 있는 분들, 그리고 재즈 공부를 시작하는 젊은이들에겐 교과서로 아주 딱 떨어지는 책이다.

대학에선 엉뚱하게 물리학을 전공했다는 말로 씨는 외국의 명문 대학에서 재즈를 공부하기도 했는데 난해하고 까다로운 재즈를, 아주 친절하게 하나하나 쉬운 예를 들어가며 —사실 그리 막, 쉽진 않다— 설명해 준다. 재즈뿐 아니고 다른 장르의 음악을 공부하고 있는 사람들도 이 책에서 많은 도움을 받을 수 있을 것이다. 청음, 발성에 대한 전문적이고 상세한 설명은 40년을 노래해 온 나에게도 깊은 자각과 변화의 조언을 준다.

몇 년 전 〈다시 길 위에서〉라는 나의 앨범 작업을 하며 말로 씨를 처음 만났다. 그때 나에게 〈목련〉이라는 강렬한 탱고 곡을 직접 써주기도 했고, 〈뛰어〉라는 나의 옛날 노래를 기타리스트 박주원과 연주하며 독특하고 열정적인 스캣으로 곡의 품위를 높여주기도 했다.

이 책은 〈고엽 autumn leaves〉이라는 모두가 잘 아는 노래 한 곡만으로 다양한 재즈의 기법들을 설명하는 영리한 방법을 택했다. 그리고 작가 '노희준'과의 대담에서 우리는 재즈가 사실 특별난 게 아니라는 걸 알게 된다. 어려운 한국 재즈의 현실 등 많은 이야기가 이 책에 있다.

"듣는 만큼 부른다."
이 책에서 잊히지 않는 대목이다.

최백호 산문집

*

핸드폰

어릴 적 친구들을 만나기로 한 날, 급하게 집에서 나오다 핸드폰을 두고 온 적이 있었다. 시간이 없어 그냥 약속 장소인 커피숍으로 갔다. 오랜만에 만난 친구들과 안부도 나누고 웃고 떠들며 이런저런 세상 이야기도 하다가 10분쯤 지났을까? 한 친구의 핸드폰에 문자가 오고 답장을 보내고, 그러자 또 다른 친구도 전염된 듯 핸드폰을 꺼내고 또 한 친구도…. 그러다 금세 나 혼자 멍하니 앉아있게 되었다.

그때 나는 두 손의 허전함과 짧은 소외감에 적응을 못 하다 열심히 핸드폰만 들여다보고 있는 친구들의 모습을 하나둘 살펴보았다. 어느새 이슬이 내려버린 흰머리칼, 주름진 얼굴과 늙은 손등. 후줄근한 노인의 옷차림들(친구들은 나를 볼 때마다 TV에 나올 때 옷 좀 점잖게 입으라고 잔소리들을 한다). 그리고 열심히 독수리 타법으로 문자를 보내고 있는 모습들. 처음엔 속으로 킥킥거리며 웃다가 가슴에 급(?) 밀려온 아린 서러움. 이 망할 놈의 세월….

그리고 그날에야, 간혹 들리던 그 커피숍의 벽에 내가 좋아하는 '고흐'의 그림이 걸려 있는걸 보았고,

그 집의 커피 맛이 정말 형편없다는 것도 알았다. 그래도 창밖으로 사철 푸르른 소나무가 보이고 그 너머 파란 하늘과 흰 구름이 떠 있는 풍광을 즐길 여유가 있었으니.

인간이 인공지능AI의 지배를 받는 세상이 올 거라고 걱정들 하고 있다. 지능마저 갖추고 인간을 넘어 진보한 로봇이 인간을 공격하고 살상하는 SF 영화들은 요즘 흔히 볼 수가 있다. 그런데 미래가 아닌 오늘 이 시각, 우린 이미 핸드폰이란 손바닥만 한 AI의 지배 아래 있는 게 아닌가? 악보를 그릴 줄 몰라도 컴퓨터로 노래를 만들어 편곡, 녹음, 판매까지도 할 수 있는 세상이다. 어쩌면 지금 형태의 음악 교육이 필요 없는 세상이 올지도 모른다. 음악뿐 아니라 모든 분야에서도 마찬가지다. 우린 이미 '그들'의 지배를 받고 있다.

법으로 일주일에 하루쯤 핸드폰 사용을 금지시키면 어떨까? 그렇게 저항이라도 한번 해보면 어떨까? 그렇게 해서 그날 하루라도 주변을 돌아보고 친구들과 따뜻한, 사람 사는 이야기들 나누어보면 어떨까?

효교(孝敎)

나는 종교가 없다. 환갑이 지난 이 나이에도 정신적으로 안주할 곳을 찾지 못하고 있다. 하지만 시간 날 때마다 영혼과 죽음의 세계에 대해 고민하기도 한다. 모든 생명체에는 육신과는 별개의 무엇인가가 있는 것 같은데 그것이 무엇인지, 사후엔 어디로 가는지… 아직도 결론을 얻지 못하고 있다.

언제부터인가 글을 쓰기 시작했다. 스무 살 되던 해 가을날, 어머님 돌아가시고 힘든 마음에 "가을엔 떠나지 말아요 낙엽 지면 설움이 더해요"라고 썼다. 가수가 되리라고는 꿈도 꾸지 않았을 때다. 그 후로도 이런저런 생각들을 글로 적어뒀고 마흔 중반에도 저무는 청춘이 아쉬워서 "낭만에 대하여"라고 썼다. 그것들이 노래가 된 덕분에 지금까지 가수로 살고 있다.

나는 특별히 글 쓰는 공부를 하지는 않았다. 학창 시절에 문예반 근처에는 가보지도 못했고 작문뿐 아니라 학교 공부 자체에 관심이 없었으니 그것이 내 어머님의 한恨이 됐다. 집안의 외동 장손이 중학교 시험에 떨어져 재수를 하고 고등학교도 1차에서 떨어져 헤매고 다니지, 거기다 대학을 간 것도 아니니. 그렇다면 뭔가, 이렇게 노래 가사라도 써서 먹고살고 있는 능력은 어디서 오는가? 그것이 내 속에 있긴 한 것 같은데 내 것은 아니라는… 항상 그런 질문이 있었다. 그러던 어느 날 밤 불현듯 뇌리를 스치는 벼락같은 깨달음에 벌떡 일어나 앉았다.

그래 그거다! 나는 손뼉을 치며 소리쳤다. 왜 그 단순한 이치를 몰랐을까. 자식의 몸으로 가는 거야. 인간이 죽으면 그 영혼에 있던 자신의 물질적인 요소가 살아있는 자식의 몸속으로 스며들어가는 거야. 맞아! 물리적으로도 자연스럽게, 당연히 그곳으로 끌리어가는 거야. 그래서 그곳에서 조금씩 '자식의 능력'으로 작용을 하고 부활하는 거야. '부활'이야… 아! 그렇게 깨우친 순간부터 그동안 궁금했던 문제들이 일사천리로 풀리기 시작했다.

그러면 천당은, 극락은 어디인가? 천당과 지옥도 자식 몸속에 있어. 자식이 행복하면 천당이고 극락이지. 지옥도 마찬가지네, 내 맘이 힘들고 괴로우면 내 속에 계신 부모님은 얼마나 힘드실까? 그것이 지옥이네. 그렇다면 자식이 없는 영혼은? 구천을 떠돌게 되겠지…. 그렇게 하나둘 의문들이 풀리자 나는 또 근사한 계획을 세우기 시작했다.

그래! 이 논리를 체계화해서 종교를 하나 창시하자, 성경을 만들고 찬송가도 만들고 사람들을 모으자, 종교의 명칭은 무엇으로 할까? 그래! 효교孝敎가 어떨까…. 부모에게 효도하는 종교라고 하면 사람들이 감동해서 구름처럼 몰려들 것이다. 이 세상에 '나'란 단일체의 존재는 없다. '나'는 거대한 우주의 역사 속에 쌓여온 영혼의 집합체이다. 내 아버지의 아버지의 아버지, 어머니의 어머니의 어머니 혼들이 겹겹이 쌓여 형성된 위대한 결정체인 것이다. 브라보!

그렇게 거룩한 결론을 얻어낸 나는 얼마 뒤 내 주변의 몇몇 길 잃은 영혼들을 인사동으로 불러냈다. 그리고 내가 깨달은 우주의 진리에 대해, 그리고 효교에 대해 설법을 했고, 새로운 종교단체의 설립을 선언했다. 그리고 지금 그들의 회답을 기다리고 있다. 6개월째….

부모님 살아계실 때 잘 모시라는 말씀은, 부모님 안 계신 사람들 입에서 나왔을 거다. 돌아가시고 아무리 제사 잘 모셔봐도 가슴에 맺혀 있는 불효의 응어리는 풀리지 않기 때문이다. 세상에 불행한 효자는 없다. 아무리 가난하고 힘들어도 효자는 효도 자체만으로 떳떳하고 행복할 테니까. 그럴 것 같다.

이번 겨울 유난히 춥다. 주변 어르신들 한번 찾아뵈어야겠다.

Boockho

표절

얼마 전 방송가에선 명문대를 나오고 10년이 넘는 오랜 시간 동안 대중음악계에서 인정을 받아온 유명 MC 겸 싱어송라이터의 표절 문제로 떠들썩했다. 솔직히 우리 음악계에서 표절 문제는 어제오늘의 이야기가 아니고 오래된 악습 중 하나였다. 인터넷이 이렇게 활성화되기 전에는 모모 작곡가(극소수의)들은 작품 구상을 할 때 남쪽으로 내려갔다는 풍문이 있었다. 남쪽에서는 일본 방송이 나왔기 때문에 그곳에서 충분한 작품 구상이 가능했다는 믿기 힘든 소문이었다. 그러니 세계 모든 음악을 맘대로 들을 수 있고 조작까지 가능한 이 시대에야 오죽하겠는가.

표절은 한마디로 '도둑질'이다. 그런데 묘하게도 법적 처벌은 안 받는다. 만약에 재수 없이 들통이 난다면, 이름만 바꾸고 저작권만 돌려주면 그만이다. 조금의 불명예만 남을 뿐. 오죽하면 못 해먹는 놈이 바보다,라는 얘기가 있겠는가. 그런 경우가 우리 가요계에는 너무도 많이 있다. 그렇다면 지금 교도소에 있는 수많은 절도, 사기범도 훔친 물건 돌려주면 풀어줘야 하는 게 형평의 원리에 맞는 게 아닐까?

이 바닥은 얼굴들이 뻔~하다. 서로 다 알고 교류하고 있다. 그러니 대놓고 흉을 보지도 못한다. 그냥 속으로 인정을 하지 않을 뿐. 지금도 대부분의 많은 음악인이 열정적으로 고심하고 땀 흘리며 창작의 꿈을 이루려 노력하고 있다. 위의 예를 들었던 그 사람 하나의 그런 범죄적인 행위가 음악인들의 의지를 얼마나 흩뜨려놓고 좌절하게 만드는지는, 얼마나 우리 사회에 부정적인 반응을 일으키는지는, 간과해선 안 된다.

그리고 더 소름 끼치는 일은 그 당사자가 피할 수 없는 이 범죄사실이 폭로된 이후에도 버젓이 자신이 진행하던 TV 프로그램을 진행했다는 사실이다. 자신의, 자신이 공부한 한국 최고의 명문대의, 자신이 일하고 있는 가요계의, 나아가 우리 국민의 명예까지 모욕한 그 행위를 하나도 부끄러워하지 않는다는 이야기다. 우리가 아무리 K-pop, K-pop 떠들어도 일본이 코웃음 치는 데는 다 이유가 있다. 이

수많은 표절 문제가 빨리 정당하게 해결되지 않으면 지금의 K-pop의 영광은 오래가지 못할 것이다. 부끄럽고 부끄럽다.

—

나는 어릴 때 교과서에 나오는

'큰 바위 얼굴'처럼 남고 싶다.

모든 면에서 좋은 선배 가수가 되고 싶다.

내 딸과 손자, 손녀 그리고 후손들에게

부끄러운 노래는 안 하겠다는 것이

가수로서의 기준이다.

2001 BECK HO

음악 저작권 이야기

'한국음악저작권협회'라는 곳이 있다. 문화체육관광부(이하 문체부)의 관리를 받는, 음악으로 발생하는 모든 저작권료를 저작권자 대신 징수, 분배하는 곳이다. 그런데 대중음악, 순수, 국악 등의 저작권료를 1년에 천억 원 이상 다루는 곳이다 보니까 이런 저런 문제점이 많다. 세상 어디에나 돈이 관련된 곳은 항상 말썽들이 생기게 마련이니 그곳도 별 수 없이 지금 많은 내홍을 겪고 있다.

그런데 그 상황을 지켜보던 문체부에서 얼마 전 징수 단체 허가를 한 곳 더 내주겠다는 모집공고를 올렸다. 문체부의 입장에선 현행법으로도 복수단체를 허용할 수 있었지만 여러 가지 현실들을 고려해 하나로 묶어두고 있었는데, 이젠 더 이상 저작권협회의 문제점을 두고 볼 수가 없다는 이야기다. 그러나 직접 저작권자이고 정회원(정·신탁 회원이 있는데 정회원만 회장 투표권을 가진다)인 나로서는, 그리고 많은 동료 저작권자들도 문체부의 복수단체 허용에 공감하지 못하고 있다. 그리고 비영리단체에만 국한시킨다는 조건이 붙었지만, 문체부의 그

말조차 믿기가 힘든 상황이다. 이미 방송협회(방송국이 모여 만든 비영리단체) 그리고 한국 연예계를 쥐락펴락하고 있는 몇 개의 대자본의 기획사가 모여 비영리단체를 만들어서 참여를 준비하고 있다는 소식도 들린다. 눈 가리고 아웅하겠다는 거다. 그래서 많은 저작권 회원들이 비상대책위원회를 만들어 힘들게 반대 운동을 펼치고 있다.

그런데 엎친 데 덮친다더니 엉뚱한 일이 또 하나 벌어졌다. 어느 국회의원님께서 무슨 이유에서인지 영리단체의 저작권 징수를 허용하는 법안을 제출하셨다는 거다. 거기에는 몇몇 대기업의 적극적인 로비가 있었으리라는 짐작은 하지만, 이건 아무리 생각해도 이해를 할 수가 없는 법안이다. 절대로 음악 창작인을 위한 순수한 발상이 아니다. 지금 음악시장의 유통은 대기업 3사가 80퍼센트에 이르는 점유를 하고 있다. 그 현실이 참 힘들다. 거기에다 그나마 저작권 수수료 관리마저 나누어서 그것도 영리단체에 내주라는 얘기다.

혹자는 대기업이 개입되면 파이가 커져서 저작권자들의 배당이 커질 거라는 말도 한다. 그러나 그건 현실을 몰라도 너무 모르는 말씀이다. 작년 음악 저작권료 징수액 약 천이백억 원 중 80퍼센트에 이르는 구백육십억 원을 회원 만 오천 명 중 상위 10퍼센트인 천오백 명이 가져갔다. 그리고 그중에서도 이백 명 정도가 많은 부분을 차지했다. 문제는 하위 90퍼센트다. 그 90퍼센트에는 나이가 드셔도 창작욕이 변함없으신 원로 음악인, 동요, 국악 등 보호받아야 할 순수 음악인, 그리고 앞으로 한류를 이끌어나갈 무명의 젊은 음악인들이 힘들게 일하고 있다. 그런데 영리를 목적으로 한 기업이, 현실적으로 큰 이익을 내지 못하는 그 하위 90퍼센트까지 보호해 주신다고? 지나가는 그 동네 소가 웃는다. 그렇게 새로운 갑과 을의 관계가 형성되는 거다. 그리고 이웃 일본의 음악저작권협회JASRAC에서도 자신들의 복수단체 실패 경험을 문건으로 보내와 충고하고 있다. 여러 부작용이 발생할 수밖에 없는 비현실적인 법안이다.

요즘 참 많이 듣는 얘기가 "골목상권 보호"다. 그런데 그분들 진짜 골목에나 가보시고 하는 말씀인지 의심스럽다. 골목상권을 보호하려면 최소한 몇 달은 그 골목에서 지내며 그곳에 사는 사람들을 만나며 직접 피부로 느껴봐야 한다. 그저 내가 가진 힘으로 보호해 주면 되겠지, 하는 안일한 생각으로는 골목을 살릴 수 없다.

한국음악저작권협회는 음악 창작인들이 모여 그럭저럭 꾸려온 단체이다. 선진 외국의 동 단체들에 비하면 아직 부끄러울 정도의 규모인 그야말로 골목 단체이다. 그래도 한류의 힘을 얻어 꾸준히 자라고 있고 요즈음은 월 1억에 가까운 저작권료를 받는 몇몇 회원까지 생기고 있으니 자랑스럽고 희망적이다. 많은 젊은 음악인들이 자신의 일생을 걸고 뛰어드는 꿈의 광장이다. 아직은 여러 문제점이 있으나 그것은 음악인들에게 맡겨주면 좋겠다. 그 문제점들을 고쳐나가기 위해 모두들 노력하고 있다. 우리를 한번 믿어주면 좋겠다. 그 어려운 여건 속에서도 한류를 창출해낸 이 땅의 음악인들을.

—

바닷가인 부산에서 나고 자랐다.

내 이름 백호는 흰 백白, 범 호虎를 썼고

'백호 같은 사람이 돼라'는 의미를 담고 있다.

내가 태어나고 다섯 달 만에 아버지

(대한민국 2대 국회의원 최원봉)가 돌아가셨다.

할아버지와 어르신들은 내 이름이 세서

그렇게 됐다고들 하셨다.

어렸을 땐 내 이름이 싫었다.

—

내 가슴에 가장 애틋하게 남아있는 곳은

옛 일광역에서 일광초등학교로 가는 길이다.

중학교 시절 기차 통학을 하면서

매일 걸어 다녔던 길인데

낮은 고개를 넘으면 작은 다리가 있었고

공동묘지도 있었다.

밤에는 무서웠는데

항상 다리 끝에 어머니가 서 계셨다.

그런 아련한 추억의 길이 있다.

오빤,
코리언 스타일

우리 민족이 세상에 내놓을 수 있는 자랑거리는 어떤 게 있을까? 생각해 보면 여러 가지가 있겠지만, 요즘의 방탄소년단 이전에는 가수 '싸이'가 있었다. 싸이만큼 우리 민족이 위대한 기마민족임을 세계만방에 알린 사람이 또 있을까? 여자골퍼 박세리 프로의 LPGA 우승 이후 세계 여자 골프계를 '세리 키즈' 들이 휩쓸고 있듯이 이제 우리 젊은 음악인들의 목표는 국내나 아시아가 아닌 전 세계 시장이 된 것이다. 그리고 휩쓸 것이다. 싸이 키즈? 아자! 아자!

순수한 우리말은 노래로 하면 참으로 부드럽고 아름답다. 우리 노래가 한류로 이처럼 널리 알려지는 데는 우리말의 소리로서의 음악적인 요소도 큰 역할을 했으리라 생각한다. 그렇다면 우리가 어디에든 자랑스럽게 내놓을 수 있는 건, 그 아름다운 우리의 말을 그대로 표기할 수 있는 '우리글'이 아닐까? 우리말은 어법이 중국과 달라, 선조들께선 어쩔 수 없이 한자를 쓰시면서도 여러 불편함이 있었을 게다. 그것을 세종대왕께서 안타까워하시어 우리의 말을 완벽하게 표기할 수 있는 글을 만드신 게 아닌가. 다시 한번 감사하고 감사한 자랑거리이다.

그런데 여기서 나는 하나의 의문을 가지게 된다. 우리는 민족 고유의 위대한 글을 가졌음에도, 그것을 만방에 자랑하면서도, 왜 정작 가장 중요한 나라 이름은 중국 글로 쓰고 있을까? '大.韓.民.國.' 이건 도대체 어떻게 된 일일까? 치욕의 일제 강점 이전에 우리의 나라 이름은 '조선'이었다. 그것이 합방 이후 친일파와 일제의 치졸한 의도로 '대한제국'이 되었고. 그 후 임시정부에서 '대한민국'으로 바꾸었다고 배웠다. 그 시절이야 민족의 독립을 위해 정신없이 싸우다 보니, 그리고 나라를 빼앗긴 원망의 마음들이 민중의, 백성의 나라를 강조하고 싶어 그랬다지만, 그리고 계속된 전쟁과 기구한 아픔의 역사를 겪으며 정신이 없어서 그냥 지나왔겠지만, 이젠 세계 어디에도 당당히 명함 내놓을 수 있는 실력과 힘을 갖춘 우리가, 굳이 남의 글로 된 나라 이름을 써야 할까 그런 궁금함이 있다.

국사를 열심히 공부하진 않았지만, 술만 취하면 단군 선조부터 현대사까지 연설을 해대는 국사 선생님 친구 한 분이 계셔서 중국의 동북공정에 대한 이야기를 들었다. 그러니까 우리가 자신들의 동북쪽 일개 소수민족에 불과했다고 낮춰보는 얘기라는 거다. 생각해 보면 우리는 아래위로 참 ×× 같은 이웃들을 뒀다. 바야흐로 21세기, 인류의 꿈이 저 광대한 우주로 뻗어나가고 있는 이 시점에, 옆집 땅이나 탐내고 있는 소갈머리 없는 ×× 같은 이웃들만 있으니….

그런데 우리는 왜 한 번도 만주 땅이나 대마도가 우리 거라고 행패를 부려보지 못하는가? 사람들이 순해서? 그 옛날 선조님들 이 좁은 땅으로 내려오지 마시고 좀 더 쭉 나가셔서 석유나 펑펑 뿜어 나오는 저 널찍한 곳에다 터 잡으시지. 그리고 그때 우리가 나라 이름을 고구려, 백제, 신라가 아닌 순수한 우리말로 썼다면, 예를 들어 '큰 나무', '흰 구름' 아니면 '흐르는 물' 뭐 이렇게 했다면 지금의 윗동네 사람들 그런 실없는 어거지 소리 나오지 못할 텐데….

일찍이 어르신들께서 "말로써 말 많으니 말 말을까 하노라"고 예지하셨듯이, 말 한마디에 사람의 운명이 왔다 갔다 하는 세상이라 말 꺼내기 참 어렵다. 혹시 제 글을 읽으시고 가수 나부랭이가 노래나 열심히 하지 쓸데없는 소리하고 다닌다고 나무라실까 봐 두렵다. 그러나 이해해 주시리라 믿는다. 힘찬 발걸음으로 세계로 뻗어나아가고 있는 우리의 젊은이들이 어디 가서도 기죽지 않고 당당하게 내놓을 수 있는 "차이니스 스타일"이 아닌 "코리언 스타일"의 나라 이름을 가지자는 말씀이니….

—

미사리에서 노래할 때 무대에 앉아보는데,

어떤 여자가 남자하고 술을 마시다가 다투더니

그대로 나가버렸다.

그때 혼자 앉아있는 남자를 보면서 쓴 노래가 있다.

〈두 개의 술잔〉이라는 노래….

필리핀

2018년 초, 몇 월이었는지는 정확히 기억이 안 나는데 청와대에서 전화가 왔다. 얼마 뒤에 대통령께서 필리핀의 정상회담에 가시는데 거기에서 세계한인상공인을 위한 행사가 있으니 노래 몇 곡을 해달라는 섭외 전화였다. 그런데 날짜를 보니 화요일이어서 내가 진행하고 있는 라디오 생방송 때문에 어렵다고 정중하게 거절을 했다. 그런데 다음 날 다시 전화가 와서는 방송국에 의논을 해봐 달라는 거였다. 솔직히 내가 뭐 나훈아 씨처럼 대단한 배짱의 가수도 아니고 청와대의 부탁을 두 번이나 거절할 인물은 못 되어서 SBS 라디오에 의논을 했더니 이 사람들 무슨 말씀 하시느냐 이틀 녹음해 드릴 테니 빨리 갔다 오라는 게 아닌가. 그래서 혼자서 통기타 하나 들고 털레털레 마닐라로 갔다.

그날 밤 행사가 있는 호텔 연회장 무대 뒤에서 기타 튜닝을 하고 있는데 젊은 비서 한 명이 왔다. 오늘 대통령 부부 두 분께서 너무 피곤하시니 혹시 어떠한 앙코르가 나오더라도 꼭 두 곡만 하고 내려와

달라고 부탁하는 게 아닌가. 나야 노래하기 불편한 그런 자리에서 한 곡이라도 덜하라면 땡큐지만 노래 한 곡이래야 3분 남짓인데 그렇게 특별히 부탁할 정도로 대통령 부부 두 분이 피곤하신가, 하는 생각이 들었지만 알았다고 했다.

그런데 공식행사가 끝나고 만찬 시간이 되고 진행자가 나와 분위기를 띄우느라 '싸이'의 강남 스타일을 부르는데 바로 가까이 계시던 영부인께서 그 '말춤'을 신나게 추시는 게 아닌가. 그래서 아, 영부인은 안 피곤하시고 대통령께서만 피곤하신가 보다라고 생각을 했다. 그리고 내가 무대에 올라 모두들 음식 드시느라 달그락거리는 그릇 소리 속에 나름 열창으로 한 곡을 끝냈다. 두 번째 노래를 부르는데 저기서 대통령께서 와이셔츠 바람으로 무대를 향해서 걸어오시는 게 아닌가. 그래서 아차 빨리 끝내야 하나보다 하고 서둘러 두 번째 노래를 끝내고 기타를 챙기고 내려갈 준비를 하던 찰나, 대통령께서 무대로 성큼성큼 올라오시더니 마이크를 잡고는 "여러분 한 곡 더 들어야죠 앙코르!" 하고 가시는 게 아닌가.

순간 나는 감동을 받았다. 세상에 대통령께서 내 노래 한 곡 더 들으시려고 그냥 앉으신 자리에서 앙코르 하셔도 되는데 무대까지 오셔서 앙코르를 청하시다니…. 그때 앙코르 곡으로 무슨 노래를 했는지는 기억이 나질 않지만 내가 했던 말은 또렷이 기억난다. "지금까지 이런 대통령은 없었습니다. 우리 대통령께서는 틀림없이 훌륭한 동반자(그날 밤 행사의 주제가 '동반자'였다)가 되실 겁니다."

그렇게 행사가 끝나고 다음 날 서울로 돌아오는데 비행기 속에서 불현듯 떠오르는 불순한 생각 하나, 대통령께서는 내가 노래 두 곡만 하는 걸 어떻게 아셨을까? 어떻게 두 번째 노래 시작되자마자 무대로 오셨을까? 비서들이 저 사람 두 곡만 합니다,라고 말씀을 드렸을까? 설마. 지금도 그 사실은 의문부호와 같이 남아있다.

목이 말랐다. **탁**배기 한잔이 생각났다.

동경
국제가요제

1986년으로 기억하는데 '동경국제가요제'에 갈 기회가 생겼다. 그 시절 철없는 군인 아저씨들이 문을 닫게 했던 TBC 방송국에서(그 사태는 한국 방송의 수준을 10년 이상 퇴보하게 만들었다) 〈쇼쇼쇼〉란 최고의 쇼 프로그램을 연출했던 조용호 씨가 동경가요제 참가권을 가지고 있었는데, 모 여자 가수를 그 가요제에 출전시키려는데 좋은 노래 하나 만들어 같이 가자는 게 아닌가. 그래서 그날부터 공짜로 일본 여행을 가겠다는 일념으로 열심히 가사를 만들었고 그 글에다 내 노래 〈내 마음 갈 곳을 잃어〉와 윤시내의 〈열애〉를 작곡했던 거장 최종혁 씨가 멋진 멜로디를 붙여 〈난 여자잖아요〉란 곡을 완성시켰다. 그렇게 우리는 꿈같은 동경국제가요제를 준비하였다.

그런데 갑자기 사건이 엉뚱한 곳에서 터졌는데 열심히 연습하던 여자 가수의 기획사에서 갑자기 거액의 돈을 요구하는 게 아닌가. 그런데 그 액수가 우리가 감당할 수 없는 정도였고 가요제가 한 달 정도밖에 남지 않은 상황에 어쩔 수 없이 동경을 포기

하기로 하였는데, 순간 내가 부산에 있을 때 자주 가던 카페에 노래 잘하던 서예린(뒤에 우리가 작명한 예명)이란 이쁜 여자 가수가 생각나서 연락을 했더니 마침 서울에 와 있다는 게 아닌가. 그래서 그날로 오디션을 보고 며칠 뒤 바로 레코딩을 하고 —동경국제가요제는 음반이 있는 가수만 참가할 수 있었다— 그야말로 번갯불에 콩 볶아 먹으며 동경행 JAL 비행기에 올라탔다. 그런데 비행기를 타고 보니 내 옆자리에 디자이너 앙드레김 선생님이 계셨는데(그때 앙드레김 선생님은 그 가요의 심사위원이셨고 서예린 씨에게 멋진 무대의상을 디자인해주기도 하셨다) 나리타 공항까지 오는 1시간 남짓의 시간 동안 처음 만난 나에게 음악 이야기 미술 이야기 등 여러 흥미로운 이야기를 다정하게 해주셨다.

동경국제가요제는 본선 경선보다 전야제가 하이라이트였다. 큰 실내 체육관에서 스탠딩 파티로 열리는 전야제는 해리 벨라폰테, 까뜨린느 드뇌브, 칼루이스 등 세계적인 스타들이 자리를 빛냈고 일본 연예계의 톱스타들도 모두 모여 장관을 이루었다. 그러나 그 내로라는 스타들을 한 방에 보내버린, 그 날 밤 최고의 에이스는 단연 앙드레김 선생님이셨다. 약간 어두운 파티장에서 새하얀 정장을 입으시고 유일하게 전용 카메라맨이 따라다니며 선생님이 세계적인 스타들과 포옹을 나눌 때마다 라이트를 켜대며 파티장을 휩쓸었으니 우리는 그저 선생님의 그 모습을 입만 벌리고 바라볼 뿐이었다.

본선에서 서예린 씨는 5위를 했다. 멋진 구리로 된 트로피를 받았다. 대단한 성적이었다. 우리가 그 짧은 시간에 세계적인 가요제의 5위 수상자를 만들어냈다니. 이제 한국에 돌아가면 서예린이 어마한 인기를 얻게 되고 우린 돈방석에 앉게 될 거라는 꿈을 꾸며 동경에서의 마지막 시간을 마무리했다.

그 후 몇십 년의 세월이 흘렀고 서예린 씨는 어디에서 어떻게 사는지 모른다. 조용호 국장님도 간혹 안부나 들을 뿐이고 최종혁 씨는 저작권협회 행사에서나 만난다. 우리는 아직도 돈방석에 앉지를 못했고 앙드레김 선생님은 먼저 세상을 버리셨다. 이제는 희미해져 가는 한여름 밤의 꿈같은 그날의 '동경국제가요제'는 내 기억 속에서 조금씩 수정되기도 하며 아련한 낭만의 추억으로 남아있다.

—

그 후 우연히 들른 앙드레김 숍의 조그만 모니터들에는 그 전야제에서 세계적인 스타들과 포옹을 하던 선생님의 모습들이 담겨 있었다.

일파만파

90년도에 잠시 L.A에 살 적에 골프를 배웠다. 처음엔 거기서도 한국에서 하던 축구를 했는데 친한 선후배들이 주말이면 모두 골프 치러 가버리는 통에 외로워서 어쩔 수 없이 그 부르주아들의 운동을 시작했다. 그때 내가 살던 동네 퍼블릭 골프장의 그린피가 15불, 환율 850일 때였으니 한국 돈 만 이삼천원 정도면 4시간 잘 놀 수 있고 운동도 되니 금세 빠져들었다. 그러나 전문적인 레슨을 받은 것도 아니고 지금 돌아보니 100돌이 선배들의 너나없는 가르침으로 연마했으니 뭐 제대로 배웠겠는가. 그래서 그런 지 30년이 다 되어가도 폼이나 실력이 신통치 않다. 그래도 다행인 건 그곳 선배들에게 골프의 매너나 룰에 대해서만은 철저하고 엄격하게 교육, 훈련을 받았고 지금도 그 가르침을 충실히 지켜나가고 있다.

그런데 다시 한국에 돌아와서 주변 분들과 처음 라운딩을 나갔을 때 몇 가지 적응하기 힘들었던 건 엄청난 액수의 비용과 플레이를 도와주는 캐디의 존재였다. 미국에도 캐디가 있는 고급 골프장이 있다는 소문은 들었었다. 하지만 내가 워낙 퍼블릭 출신에다 핸드캐리어로 클럽 백을 끌고 18홀을 걸어 다니며 직접 거리를 보고 클럽을 결정하고 그린에서 퍼팅 라인을 신중하게 읽고 하는 그런 순간을 즐겼던 터라, 일일이 거리와 클럽 선택을 도와주며 거기에다 퍼팅 라인까지 놓아주는 캐디의 친절함이 오히려 나의 골프 즐거움을 반감하고 혼란이 오기까지 해서 한동안 힘들었다. 그리고 20만 원이 넘는 비용은 그곳에서 일주일에 서너 번은 즐겼던 호사를 줄여갈 수밖에 없었다.

그리고 또 하나 내가 지금도 이해할 수 없고 어떤 땐 화가 나기까지 하는 우리나라만의 이상한 의식儀式이 하나 있다. 그건 바로 '일파만파'. 한국의 골퍼들은 다 잘 알고 계시는, 전 세계 어느 민족도 해내지 못한 창조적인 후안무치의 극치, 첫 번째 홀에서 잘 치든 못 치든 4명 모두 스코어를 'Par'로 적어주는, 비겁하고도 웃기는 이 발상은 아무래도 정상적인 관계에서 시작된 건 아닐 거다. 어느 '을' 누군가가 첫 홀부터 난관에 빠지신 어느 '갑'님을 위로

하기 위해 고심으로 짜낸 묘수일 거다. 심지어는 첫 홀의 스코어 카드를 모두 Par로 프린트 해놓은 골프장도 있다 한다. 남들이 들을까 두렵다.

그런데 신기한 건 어느 누구도 그 부끄럽고도 모욕적인 행위에 이의를 달지 않는다는 거다. (물론 겉으로 표현은 못 하고 속으로는 나처럼 불만을 가지시는 분들도 많겠지만) 되려 그 엉터리 스코어로 '싱글'이니 뭐니 해서 기념패까지 만드는 사람들도 있다는 거다. 왜 그럴까? 우리는 왜 우리의 그런 추한 모습을 부끄러워하지 않는 걸까? 골프의 스코어는 나이처럼 고칠 수도 속여서도 안 되는 그날의 자신의 역사이다. 그걸 속인다는 것도 일종의 역사조작이 아닌가? 90대를 쳤든 100대를 쳤든 정확한 기록으로 그날을 기념해야 한다. 그거 뭐 골프 스코어 하나 가지고 법석이냐고도 하겠지만 정신 차리고 생각해야 되는 이유는 이 '일파만파'에 대한 방관이 우리 사회를 좀 먹고 부패의 구덩이로 만들어가고 있는 '첫 파도'일 수 있다는 거다.

나이 칠십이다. 말 한마디 노래 한 자락도 조심하게 된다. 내 직업에서는 더욱 그렇다. 매일매일 나 자신의 모습을 돌아보고 가다듬는다. 훌륭한 어른은 못 되더라도, 부끄러운 어른은 되지 않기 위해서.

최백호 산문집

—

나의 삶에서 가장 중요한 요소 중 하나가 '고독'이다.

그것은 내가 노래와 그림을 시작할 수 있게 해주었고

언제나 가장 소중한 친구이다.

고독에서 사유의 힘이 오고

혼자 견뎌낼 수 있는 강인함이 온다.

진정한 고독은 따뜻한 위로를 준다.

내가 부르는 노래가 그랬으면 좋겠다.

최백호 산문집

—

나보다 음악을 잘하는 사람들은 많다.

하지만 나처럼 열심히 하는 사람은 드물 거라고 생각한다.

매일 새벽 6시 반쯤 일어나서 두세 시간씩

노래 부르고 그림을 그린다.

SBS 라디오 〈최백호의 낭만시대〉도 14년째 하고 있다.

열심히 하는 일에 타협은 필요 없다.

S대
콤플렉스

나는 최종학력이 부산의 항도고등학교 졸업이다. 지금은 교명이 바뀌고 명문이 되었지만 우리 때는 밴드부와 주먹으로 명성을 좀 날렸던 곳이다. 그런데 학교 분위기가 독특한 면이 있어서(1차에서 떨어진 아이들 중에서도 괴짜들이 많이 모였다) 세상에 이름을 알리신 훌륭한 선배님들이 꽤 계시다. 그런데 그 선배님들께서는 그 전과(?)는 되도록 숨기고 살아오셨던 것 같다. 충분히 이해한다. 그래서 그분들을 여기서 밝힐 수 없다(ㅋㅋ).

생각해 보면 '고졸'이 무슨 전과자 취급을 받는 이 나라에서 내가 이 학력으로 그럭저럭 잘 살고 있으니 참으로 운이 좋은 셈이다. 어떤 분들은 가수가 노래만 잘하면 되지 학력이 무슨 소용이야 하시지만 천만의 말씀이다. 대한민국 구석구석 어느 곳에서든 고졸로 살아가기가 얼마나 빽적지근한지는 고졸들만이 알 수 있다. 그러니 여기 '딴따라' 판인들 별 수가 있을까. 각설하고.

재미난 것은 그 대졸들의 리그이다. 그곳에서도

그들은 '학연'이라는 묘한 우열優劣의 언어를 만들어 차별과 멸시와 우월감과 열등감으로 서로 갈등을 치르고 있다. 대한민국 최고의 명문인 S대 출신들 그리고 이하 나머지 사람들, 이렇게 형성이 된 리그에서는 어느 분야이든 어떤 종류의 관계이든 대부분의 결론은 그 S대들이 내리고 그 결정에 어느 누구도 반론을 제시하지 않는 묘한 현상들이 있다. 설혹 대화의 주제가 그 S대의 전공 분야가 아니어도 당연히 그가 내린 결론이 정답일 거라는 일종의 포기 현상(그간의 경험에 따른 내 시각에서 봤을 때)을 보인다는 거다. 소위 'S대 콤플렉스'다.

문제는 이 나라 최고의 명문인 이 S대가 세계 대학 랭킹으로는 30위권 밖에 되지 않는다는 점이다. 그러니까 이 사회의 모든 결론이 세계 30위 수준 이상이 못 된다는 심각한 결과가 생겨난다. 그 결과의 참담한 현상이 우리가 매일 TV나 인터넷으로 바라보고 분통 터져하고 절망을 느끼는 현실이다.

그런데 이 나라에서 소위 머리 좋다는 건, 암기력

이 좋다는 거다. 그런데 사실 암기력이 좋은 건 머리가 좋은 게 아니고 기억력이 좋을 뿐이다. 그래서 공부를 잘한다는 건 교과서를 달달 외워서 잘 기억하는 것일 뿐이다. 암기력만으로 나라를, 세상을 훌륭하게 이끌 수는 없다. 머리가 좋다는 건 창의력이 뛰어나다는 거다. 그게 정답이 아닌가?

인터넷의 세상이다. 창의력이 절대적인 세상이다. 앞으로 더욱 이런 현상이 강해질 것이다. 아이들에게 '국, 영, 수'만 강요해서는 안 된다. 그림을 그리게 하고 춤을 추고 노래를 부르게 하고 소설과 시와 만화를 읽게 하고 스포츠를 가르쳐 뛰어놀게 하고 그것을 통해 예의범절을 가르쳐야 한다. 그렇게도 국어 영어 수학을 가르칠 수 있다. 암기력만 좋은 사람들이 만들어놓은 세상에서 아이들을 벗어나게 해야 한다.

나이가 든 이제라도 대학엘 가서 공부를 좀 하고 싶은 나로서는 학력고사라는 높은 담이 가로막고 있다. 학력고사가 어쩌면 아이들을 대학에 못 가게 만들고 있다는 생각을 해본 적 있는가? 실례의 말씀이지만 가수도 타고 난다. 태어날 때 노래의 재능을 못 가지고 나온 사람은 절대로 최고의 가수가 될 수 없다. 그것처럼 암기력도 창의력도 타고 난다. 어쩌면 우리는 암기력이 모자란다고 엄청난 창의력을 타고난, 빌 게이츠나 스티브 잡스, 일론 머스크, 마윈, 손정의 들을 무시하고 소외시키고 열등으로 분류하고 있는 게 아닌지 돌아보고 고민해야 한다. 빨리 S대 콤플렉스에서 벗어나야 한다. 서둘러야 된다. 늦었다.

경계음

동물은 자신과 종류種類가 다른 존재가 나타나면 경계음을 낸다. “야! 저기 이상한 놈 하나 나타났다!” 그러다가 슬금슬금 무리 지어 다가가는데 일단 간 큰 놈이 먼저 나가서 툭! 한번 건드려 보고 가만히 있으면 다음 간肝이 나가 제대로 탁! 한번 쳐 본다. 그래도 대들지 않으면 큰형님이 나타나신다. 그때 녀석은 이미 산목숨이 아니다.

주변에 아는 선생님이 계셔서 한번 물어봤다. “선생님들은 서로 왕따 안 시키느냐”고 그분 허허 웃으시며 “연예계는 어떠냐”고 되물었다. 연예계? 나도 허허 웃었다.

한 사람의 삶의 범위는 어느 정도 정해져 있지 않을까? 어제는 우주 공간을 휙! 휙! 날아다니다가 오늘은 바닷속을 잠수하고 내일은 땅속을 헤집고 다니며 살지 않는다는 거다. “야 글마 그거 내 짝꿍이었어” “우리 선밴데, 후밴데” “우리 아버지가, 우리 사촌이…” 와글와글거려도 한 백 명 만나보면 같은 노래 백 곡 들은 느낌 아니던가?

아이들이 서로를 왕따시키고, 낄낄거리고, 분노하고 무너지는 것이 누구의 탓인가? 누구의 영향인가?

경계음을 내며 형님 모시고 우르르 몰려가는 모습은 보이지 않았는지. 가서 함께 짓밟고 뭉개고 침 뱉는 꼴 내 새끼들에게 보이지 않았는지. 돌아볼 일이다.

우리부터 되돌아보기!

—

나이 칠십이다.

말 한마디 노래 한 자락도 조심하게 된다.

내 직업에서는 더욱 그렇다.

매일매일 나 자신의 모습을 돌아보고 가다듬는다.

훌륭한 어른은 못 되더라도,

부끄러운 어른은 되지 않기 위해서.

부끄러움을
모르는 시대

민족 시인 윤동주는 "죽는 날까지 하늘을 우러러 한 점 부끄럼이 없기를" 기도했다. 그런데 생각해 보면 그 시대 나라를 빼앗긴 젊은 열혈 청년 시인이 분노와 투쟁을 말하지 않고 왜 부끄러움을 토했을까. 무엇이 그를 "잎새에 스치우는" 향기로운 바람에도 아프게 했을까. 주변에 얼마나 부끄러운 것이 많았으면 그렇게 힘들어하셨을까. 우리가 그 답을 찾으러 그 시대를 가보지 않아도 지금 주변을 돌아보면 선생의 막막했던 안타까움을 알 수 있지 않을까.

요즈음 우리 사회를 보면 한 점의 부끄러움이 아니라 수십수백의 부끄러움을 가지고도 뻔뻔하게 큰소리치는 사람이 참 많다. 어쩌면 나 자신부터 이미 그 일부겠지만. 크게는 온갖 부정부패를 저지르고도 TV 카메라 앞에 나와 거짓말을 하는 사람부터 (사실 TV 카메라 앞에서 거짓말을 한다는 건 대단한 배짱이다), 주차위반 단속원·금연 단속원에게 심한 욕설까지 해대는 사람, 먹는 음식에 먹어서는 안 될 것을 넣어 팔고도 자기는 먹고살기 위해서 어쩔 수 없었다는 사람, 어른에게 심한 욕설을 해대는 젊은이, 더욱 거칠어진 폭력범, 여기저기 아무런 죄책감 없이 쓰레기를 투척하는 사람, 표절을 하고도 당당한 사람… 끝이 없다. 왜 이럴까? 이렇지 않았는데 왜 이렇게 돼버린 걸까, 아니면 원래부터 이랬는가. 정말 희망이 보이지 않고 부끄러운 현실이다.

그런데 그런 우리 모두의 공통점은 그것을 부끄러워할 줄을 모른다는 거다. 희한하게도 잘못을 충고해 주면 화부터 낸다. 부끄러워하고 미안해해야 하는데 화를 내면서 심지어 공격을 한다. 부끄러움도 배워야 한다. 배우지 않으면 그것이 얼마나 아름다운 것인지를 모른다. 부끄러워하는 모습이 얼마나 용감한 것인지를 모른다.

우리는 우리 아이들에게 그것을 가르쳐야 한다. 자신의 실수를 인정하고 볼이 빨개진 모습. 그 모습이 얼마나 이쁜지를 알게 해야 한다는 말씀이다. 그리고 어른인 우리도 배워야 한다. 그래서 “모든 죽어가는 것들을 사랑”해야 한다.

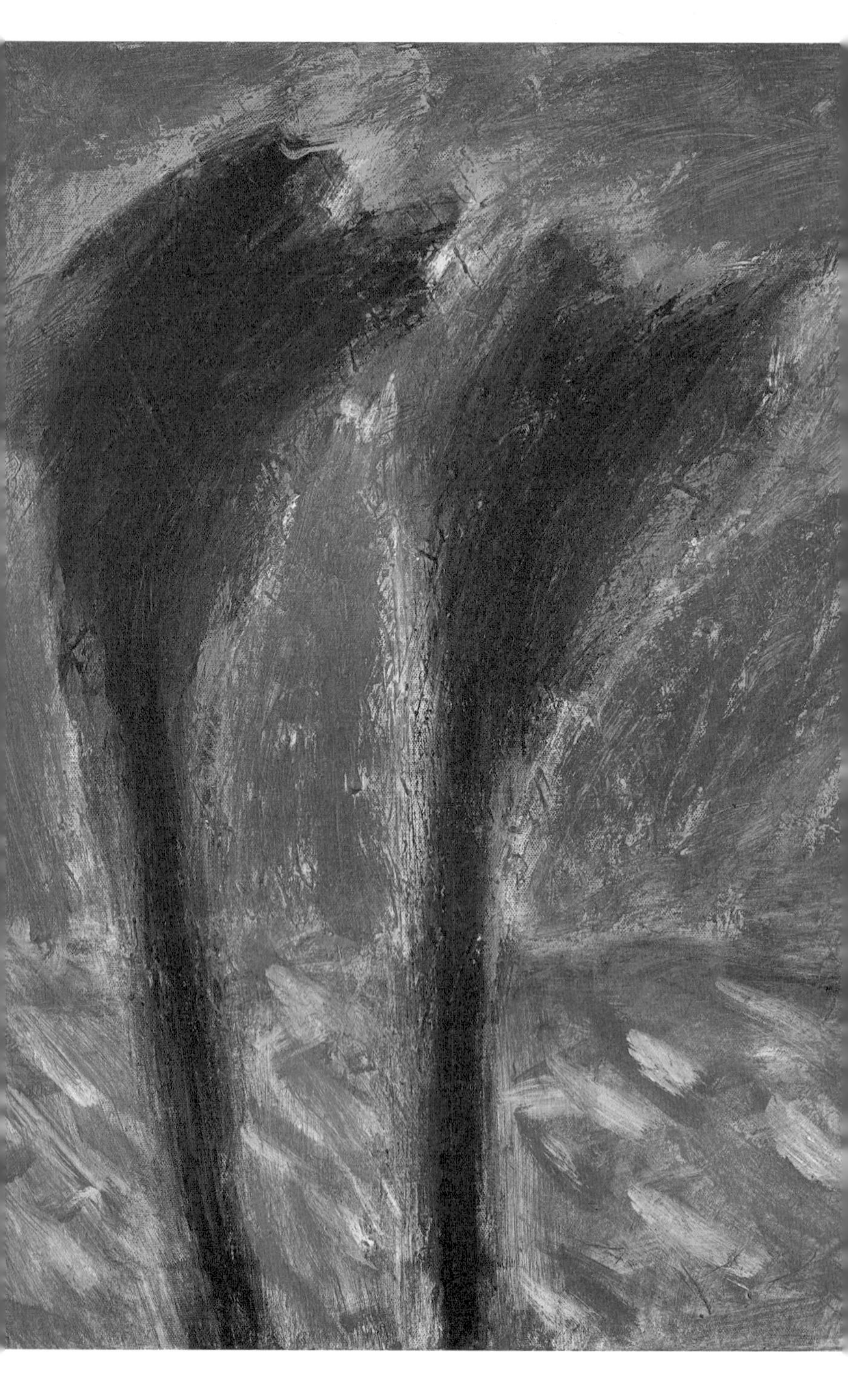

잃어버린 것에 대하여

1판 1쇄 발행 2023년 2월 3일

글·그림 최백호
사　진 솜 피터
펴 낸 이 신혜경
펴 낸 곳 마음의숲

대　표 권대웅
편　집 김도경 윤소현
디 자 인 유미소
마 케 팅 노근수

출판등록 2006년 8월 1일(제2006-000159호)
주　소 서울특별시 마포구 와우산로30길 36 마음의숲빌딩(창전동 6-32)
전　화 (02) 322-3164~5 팩스 (02) 322-3166
이 메 일 maumsup@naver.com
인스타그램 @maumsup
용지 (주)타라유통 인쇄·제본 (주)에이치이피

ISBN 979-11-6285-132-6 (03810)

* 값은 뒤표지에 있습니다.